COLLECTION FOLIO

François Bott

Radiguet

L'enfant avec une canne

Gallimard

François Bott a reçu le prix Valery Larbaud 1996 pour *Radiguet. L'enfant avec une canne.* Il est aussi l'auteur de *Gina* (Flammarion, 1994), de *La Demoiselle des Lumières* (Gallimard, collection « L'un et l'autre », 1997), des *Étés de la vie* (Gallimard, collection « L'Arpenteur », 1999), d'*Une minute d'absence* (prix de la nouvelle de l'Académie française et prix de la nouvelle du Rotary Club de Paris, Gallimard, 2001) et de *Femmes extrêmes* (Le Cherche midi éditeur, 2003).

I

Maigret, Zazie et le comte d'Orgel

Que faisiez-vous en juin 1903 ? C'est le genre de question que posent toujours les commissaires de police, comme si l'existence réclamait sans cesse des alibis... Le paisible Émile Loubet était président de la République, et la France s'éveillait en se demandant comment serait la journée ou plutôt le siècle. À vingt-trois ans, Guillaume Apollinaire apprenait le métier de flâneur sur la rive droite comme sur la rive gauche, tandis que Léon-Paul Fargue étudiait la « géographie secrète » des arrondissements. C'était de l'« urbanisme sentimental ».

Quel temps faisait-il à Bellac ? Jean Giraudoux achevait son service militaire et rêvait à ses prochaines vacances dans sa ville natale. Valery Larbaud faisait de sa jeunesse une promenade et considérait les villes étrangères comme des « résidences secondaires ». Paul Morand fréquentait encore le lycée Carnot, et, le soir, au dîner, son père appelait le président

« monsieur Émile ». À Montparnasse, Jim (je veux dire Henri-Pierre Roché) n'avait pas encore rencontré Jules (je veux dire Franz Hessel), mais cela ne tarderait pas. Ils essaieraient de comprendre le mystère des femmes et tomberaient sous le charme de Marie Laurencin. Le « petit Marcel » (je veux dire Proust) avait entrepris de dépeindre les salons parisiens pour *Le Figaro.* Jean Cocteau terminait sa quatrième au Petit Condorcet, fasciné par un de ses camarades de classe, « l'élève Dargelos ». André Breton n'avait que sept ans et préparait sagement sa carrière de « rêveur définitif » à l'école communale de Pantin, tandis que l'on s'apprêtait à donner le départ du premier tour de France cycliste. Une vraie folie ! De l'autre côté de l'Atlantique, le petit Ernest Hemingway allait déjà à la pêche et à la chasse, avec son père, dans le Michigan...

J'ignore si l'on en tire plus de satisfactions que de désagréments mais, le 18 juin 1903, Raymond Radiguet se contenta de naître avenue du Rocher, à Saint-Maur-des-Fossés, dans la banlieue sud-est. Il vint au monde quatre mois après Georges Simenon et Raymond Queneau, dix jours après Marguerite Yourcenar. Quatre mois et dix jours seulement... Ainsi, *l'éternelle jeunesse* avait le même âge que les vieillards de notre littérature. Raymond Radiguet, mort à vingt ans et demi, était de la même génération que Georges Simenon, Raymond Queneau, Marguerite Yourcenar, qui prirent congé de la planète à quatre-vingt-six ans, soixante-treize ans et quatre-vingt-quatre ans. Cela étonne et laisse rêveur. Essayez d'imaginer un dîner réunissant le commissaire Maigret, Zazie et le comte d'Orgel... Mais c'est peut-être la date du trépas qui détermine les générations plus que la date de naissance. Quand êtes-vous mort? C'est la question qu'il faudrait poser.

En 1952, dans *Le Passé défini*, Jean Cocteau refusait de se représenter le visage qu'aurait eu Radiguet à l'approche de la cinquantaine, car « la mort arrête les aiguilles de la pendule et nous fixe les êtres à la minute où nous les avons perdus »... « Raymond aurait cinquante ans, ajoutait Cocteau. Mais c'est son visage de vingt ans que j'interroge, qui me hante et me conseille encore avec ce mélange qu'il formait d'élève indocile et de sage chinois. »

II

La poésie des choses

Raymond Radiguet a évoqué l'avenue du Rocher, à Saint-Maur. Il s'est rappelé le cerisier du jardin, « sur un tertre » qui semblait « une montagne », et les hautes herbes du champ voisin, dans lesquelles il se cachait « seul », « n'ayant pas de camarade ». On imagine les battements de cœur et les rires étouffés du petit Raymond. Car les rires s'effraient toujours du silence et se punissent de l'avoir rompu. De qui se cache l'enfance lorsqu'elle est solitaire ? Des grandes personnes, du ciel et de l'existence elle-même. Quel délice de se croire oublié du reste du monde, et quelle angoisse !

Quand il fallait revenir de ses rêves et rentrer à la maison, la grille du jardinet grinçait. Mais c'est sans doute la vocation de toutes les grilles de banlieue.

Radiguet parlerait de son « enfance plate comme une pelouse ». Étrange manière de célébrer les verts paradis... Toutefois, les « cerises cueillies dans l'arbre » et la saveur des abricots resteraient, pour lui, « comme un souvenir d'amourette » marqué par le mystère des étés lointains.

Raymond était le premier enfant de Maurice Radiguet et de Marie Tournier. Sa sœur Madeleine mourut à dix-huit mois, le 26 avril 1906, alors que son frère Paul venait à peine de naître. Une petite sœur est une drôle de personne. On raconta à Raymond qu'elle était partie « à la campagne »... L'été précédent, en Bavière, Paul Morand avait disputé une course avec Jean Giraudoux, et celui-ci était devenu le premier « entraîneur » de « l'homme pressé ». Radiguet ne faisait la course avec personne. Et, faute de découvrir les ciels de Bavière, il connaissait sans doute déjà la lenteur et la nonchalance des dimanches familiaux à La Varenne. Curieusement, il vanterait plus tard le « charme créole » de l'Île-de-France. Bien sûr, il ferait allusion à l'île Maurice, qui s'était appelée « île de France » jusqu'en 1814, avant que les Français ne l'abandonnent à la Grande-Bretagne. Et puis la mère de Raymond descendait de Joséphine de Beauharnais, laquelle était née à la Martinique, aux Trois-Îlets précisément. Quant au père de Radiguet, il descendait de la Pompadour, paraît-il, mais c'est beaucoup plus douteux.

N'empêche, quel mélange et quel exotisme ! Le métissage est toujours recommandé, dans la vie comme dans la littérature. Et Raymond ferait tout naturellement de la comtesse d'Orgel une petite cousine martiniquaise de l'impératrice Joséphine.

À quel âge voulut-il porter un canotier ? Sa mère s'y opposait. Elle trouvait justement qu'il n'avait pas l'âge requis pour cela. Mais son père céda et lui offrit le chapeau qu'il désirait. Après tout, les garçons de café parisiens firent la grève, en 1907, pour avoir le droit de porter la moustache. L'enfance pouvait elle aussi revendiquer... D'ailleurs, les canotiers se mariaient très bien avec les ombrelles qui avaient jadis abrité les dames de la famille maternelle, sous le « ciel des colonies », comme l'écrirait Radiguet dans un poème intitulé *Paul et Virginie*. Toujours le « charme créole »... Hélas, le plaisir et la fierté de Raymond se dissipèrent très vite, car les passants riaient d'apercevoir cet enfant avec son canotier. Souvenirs, souvenirs... Dans un autre poème, Radiguet évoquerait cet « amiral » qui éloignait « les mouches du passé » avec son « mouchoir ». Il faudra mener un jour une enquête sur le « spleen » des amiraux. C'est une maladie qu'ils attrapent sûrement dans les bureaux du ministère de la Marine, place de la Concorde. Pourtant, il n'est pas si difficile de confondre la Seine avec le Yang-tseu-kiang...

L'existence se poursuivit parmi les cerisiers de Saint-Maur. Raymond aurait de nombreux frères et sœurs. Avec les revenus du père, dessinateur humoristique dans diverses publications, la vie serait modeste, sinon parcimonieuse, même si « l'artiste ne manquait ni de verve ni de souplesse dans le trait », comme le dirait André Salmon.

Radiguet entra à l'école communale en 1909. Il y montra à la fois de la réserve et de l'audace. « Ce mélange d'effronterie et de timidité déroutait les miens et les trompait, comme, à l'école, ma facilité, véritable paresse, me faisait prendre pour un bon élève », dirait-il dans *Le Diable au corps*. Son autre particularité, c'était de n'être pas assez « crédule » ni assez raisonnable pour juger ses désirs impossibles. Séparant mal le réel de l'imaginaire, Raymond regardait l'existence comme une mythologie. Ce qui renverrait dos à dos les *biophiles* et les *biophobes* lorsqu'il s'agirait de déterminer la part de l'autobiographie dans *Le Diable au corps* ou dans *Le Bal du comte d'Orgel*. « Nos livres ne sont pas nous, mais nous sommes nos livres », comme le dit Henri Calet...

« Gourmand de lèvres et de joues », Raymond Radiguet s'éprit d'une écolière, prénommée Carmen, et lui fit porter une « lettre d'amour[1] ». Mais elle montra la missive à ses parents, et le directeur de l'école de garçons fut averti de cette *affaire*, qui fit quelque bruit dans les cours de récréation. L'épisode est relaté dans *Le Diable au corps* : « Je rentrai en classe. Le professeur, ironique, m'appela Don Juan. J'en fus extrêmement flatté, surtout de ce qu'il me citât le nom d'une œuvre que je connaissais et que ne connaissaient pas mes camarades. »

La trahison de Carmen n'améliora pas la réputation des petites filles de la banlieue sud-est. Cependant, Raymond se consola très vite. Il eut d'autres attirances et d'autres flirts lors des goûters à la « Villa des Mouettes », chez son ami Yves Krier. C'était la ronde des petites demoiselles... Les autobus avaient remplacé les omnibus, et les Parisiennes prenaient le thé pour suivre la mode. La Seine se donnait des airs de Tamise, et la « Belle Époque » s'estompait déjà dans les lointains, avec ses frivolités, ses misères et ses duperies. « Pourquoi parlez-vous tellement des journées qui s'enfuient ? », demandait ce vieux monsieur, rue Royale. « Il a toujours passé vite, le temps... »

La famille Radiguet allait se promener à La Varenne, mais ce qui attirait davantage

1. Selon d'autres versions, la lettre n'était pas destinée à Carmen, mais à Alice, son institutrice (que nous allons retrouver). Carmen aurait servi seulement de messagère.

Raymond, c'était les endroits mal famés des bords de Marne. Nogent, avec ses cabarets, ses apaches et les « disputes à coups de revolver (...) dont, la plupart du temps, une Hélène de faubourg était l'enjeu ». En avril 1912, le jeune garçon avait été fasciné par le siège et la capture de Bonnot, le « bandit anarchiste », à Choisy-le-Roi. Ce n'était pas très loin de La Varenne. C'était le même quartier... Comment résumer les promenades de l'enfance, le dimanche, lorsqu'elle est taciturne et que se mélangent, dans son esprit, l'ennui, les rêves et le vertige de l'inconnu ?

L'année précédente, Jules et Jim étaient allés en Grèce, parce que « le sourire d'une statue de Chalcis » les avait intrigués. Toujours le mystère des femmes... Durant l'automne 1912, au café *Le Dôme*, Jules rencontra une jeune Berlinoise qui était la vivante réplique de cette statue. Ses traits se modelaient de la même manière, et l'on ne savait laquelle avait dérobé le sourire de l'autre. Venue à Paris pour faire des progrès en peinture, la demoiselle de Berlin s'appelait Helen, sans accents ni « e » final (s'il vous plaît). N'empêche, les femmes ne devraient pas se permettre de ressembler à des statues. Les conséquences que cela entraîne sont impossibles à mesurer. Radiguet s'étonnerait, lui aussi, de ces rêves de pierre qui attendent les hommes sur les esplanades. Car les statues forment une étrange *nation* dans les villes et les jardins. Elles ont l'air tranquilles pendant la journée, mais, ensuite, elles profitent des prestiges et des incertitudes nocturnes pour séduire, émouvoir ou déconcerter l'espèce humaine. C'est, en quelque sorte, leur secret professionnel.

Divers événements traversèrent l'adolescence de Raymond. Il y eut le suicide d'une « bonne », l'accident mortel d'une « jeune fille en robe blanche », la guerre de 14 et la rencontre d'Alice. Le 13 juillet 1913, la servante des voisins, « devenue folle », se promenait sur le toit. Réprouvant ce spectacle et ce tapage, les patrons se dissimulaient derrière leurs volets. Quelles vilenies cachaient-ils ? La « bonne » avait une voix « inhumaine », mais d'une grande « douceur », laissant deviner une « profonde mélancolie résignée ». Elle « saluait » son public, telle une artiste, mais elle était assiégée comme Bonnot à Choisy-le-Roi. La servante des voisins désirait sans doute échapper à l'irréparable tristesse de son existence. Elle se jeta dans le vide, sous les regards de la foule, pendant que se déroulait « la retraite aux flambeaux ». Et Radiguet ressentit « la poésie des choses ».

En juin de l'année suivante, dans une île de la Marne, appelée « l'île d'Amour », une « jeune fille en robe blanche » et son fiancé s'envolaient sur une balançoire, malgré l'interdiction de « se balancer à deux ». Raymond vit soudain la jeune fille tomber, s'écraser à terre et mourir. Elle avait trop rêvé sans doute. C'est la vocation des demoiselles sur les balançoires. Il y a des images comme cela, qui s'impriment et ne s'effacent pas. Elles résistent à l'usure et ne prennent aucune ride. Elles ne se voilent pas comme les souvenirs heureux. « De telles leçons, de tels exemples, vous ordonnent de penser à la fatalité », écrirait Radiguet. Il en tirerait la certitude que les romanciers doivent faire mourir leurs personnages. Pourtant, quel joli mot, *l'escarpolette* !

L'été 1914 fut un drôle d'été. C'est la spécialité des semaines qui précèdent les conflits. On essaie d'ignorer qu'une époque se termine et l'on voudrait confondre, bien sûr, les adieux avec des au revoir. La guerre qui allait suivre serait une autre histoire, de même que la rencontre d'Alice.

III

Des résumés foudroyants

L'art des commencements. Gustave Flaubert avait donné des informations météorologiques : « Comme il faisait une chaleur de trente-trois degrés, le boulevard Bourdon se trouvait absolument désert. » Marcel Proust évoquait son genre d'existence : « Longtemps, je me suis couché de bonne heure. » Et Raymond Radiguet laisserait entrevoir ce qu'on appelle une erreur de jeunesse, comme si la vocation de cet âge était de se tromper ou de s'égarer : « Je vais encourir bien des reproches. Mais qu'y puis-je ? Est-ce ma faute si j'eus douze ans quelques mois avant la déclaration de la guerre ? » En l'occurrence, Raymond se vieillirait comme tous les adolescents qui protestent et se rebellent contre la lenteur des années. Il est vrai qu'il ne s'agirait pas de lui-même, mais de son *double* romanesque ou de son *émissaire*, le narrateur du *Diable au corps*.

De toute manière, un an de plus ne vous

rend pas moins précoce. Et qu'est-ce que la précocité ? Il semble qu'elle traduise les impatiences du Temps. Pour Radiguet, malgré son indolence, les années ne seraient jamais lentes. Il brûlerait les étapes, sa vie et la politesse, courant à de mystérieux rendez-vous. Drôle de métier que celui de météore... Est-ce que les météores devinent la brève carrière qu'ils feront ? Pour Raymond, les moindres aventures de l'existence auraient « un parfum de provisoire ». « Je flambais, je me hâtais, comme les gens qui doivent mourir jeunes », dirait-il. Et puis : « Au bout de cette course (...), dans une voiture follement conduite, il ne pouvait y avoir d'autre issue que la mort. » Quelle tireuse de cartes avait prédit cela, sur les bords tranquilles de la Marne ? Malgré les dames de cœur, méfiez-vous de la dame de pique... « Les vrais pressentiments, écrirait Radiguet, se forment à des profondeurs que notre esprit ne visite pas. »

Certains envièrent sa jeunesse. D'autres lui reprochèrent d'en manquer, avec ses airs de « lettré chinois » et cette façon de donner déjà « des raisons à [ses] mouvements d'âme les plus déraisonnables ». Jean Cocteau parla d'un « auteur sans âge, né à quarante ans ». André Beucler s'étonna de la gravité de Raymond à l'âge de l'imprévoyance. Et, s'il l'avait connu, Roger Nimier lui aurait probablement recommandé « un peu de vieillesse, mais sans excès ».

À vrai dire, il eut tous les âges en même temps. Il comprit et fit en quelques années ce qui, d'habitude, réclame toute une vie. Les gens qui savent les choses trop tôt meurent peut-être de cela, autant que de la fièvre typhoïde. Radiguet occupe, sans doute, la première place dans la littérature du pressentiment. La plupart des écrivains remuent des souvenirs. D'autres, comme lui, remuent des avenirs. Et les cartes qu'ils tirent ne sont jamais bonnes... Comme si le destin se vexait et se vengeait de leur indiscrétion. C'est pourquoi il faut employer, avec eux, le *futur du passé*, même si ce temps de la langue française est tombé en désuétude.

À propos de Francis Scott Fitzgerald, Antoine Blondin parle de ces vies qui sont des « résumés foudroyants ». On peut évoquer de la même façon la *carrière* de Raymond Radiguet. Elle fut encore plus brève que celle de Scott, mais pas moins exemplaire. Le jeune homme de Saint-Maur vécut de 1903 à 1923. Et celui de Saint Paul, dans le Minnesota, de 1896 à 1940. Ils moururent tous les deux en décembre, et l'on imagine très bien Zelda parmi les invités du *Bal*. La fille la plus fantasque de tout l'Alabama dansant la valse avec le comte d'Orgel...

IV

Les grandes vacances

Au cours de l'automne 1913, Jean Giraudoux avait disputé une partie de rugby avec Alain-Fournier et Pierre Mac Orlan. Sans doute voulait-il prévenir les malheurs de la guerre en célébrant l'arrière-saison de l'insouciance... Au début de l'été 1914, on parlait déjà de Sarajevo. C'est à croire que les siècles manquent d'imagination, pour se terminer comme ils ont commencé. L'assassinat, dans cette ville, de François-Ferdinand, l'archiduc d'Autriche, allait entraîner le premier conflit mondial. Le soir du 31 juillet, Jean Jaurès fut assassiné à son tour, au *Café du Croissant*, rue Montmartre, alors qu'il était en train de manger une tartelette aux fraises. Et, trois jours après, l'Allemagne déclara la guerre à la France, tandis que « les orangeades tiédissaient » dans les jardins de Saint-Maur. Car il faisait très chaud en août 1914, dans la banlieue sud-est.

Raymond se souviendrait de cette époque avec une espèce de gratitude. « Les sensations que j'en tirai, (...) je ne puis les comparer qu'aux premiers émois amoureux que je devais éprouver trois ans plus tard, écrirait-il. Mais au début de la guerre, mon être fut plus ébranlé physiquement qu'au début de l'amour. Si c'est cela le patriotisme, alors je me suis senti patriote. Les voix avaient toutes changé de son. (...) Mais déjà, au bout de quelques jours, les trains militaires n'allaient plus dans un sens unique. Les premiers blessés passaient. À cause d'eux, on criait moins fort, par décence. »

En septembre, Alain-Fournier trouva la mort aux Éparges, dans le département de la Meuse. Drôle d'endroit. L'auteur du *Grand Meaulnes* avait eu raison de jouer une dernière fois au rugby. La victoire de la Marne avait soulagé, sinon rassuré les Parisiens. Radiguet évoquerait souvent les vertus et les attraits de cette rivière, en comparaison de laquelle la Seine lui semblait « si morne », du moins jusqu'à Paris, « n'ayant été créée que pour traverser cette ville ». « La Marne, dirait-il, méritait vraiment que l'héroïsme de toute une nation l'immortalisât. »

Pour Raymond, ce furent « quatre ans de grandes vacances », car il était de ces « mauvais élèves » qui « profitaient du désarroi des familles ». Entré comme boursier au lycée Charlemagne, il réprouvait « la niaiserie de [ses] condisciples » et se dissipait lorsque les autres s'appliquaient. Il s'ennuyait en classe. Il préférait poursuivre son éducation sentimentale. « Les polissonneries du jeudi » et les rêveries qu'elles entraînaient quand on dérobait de « menues faveurs » aux demoiselles, sous le « prétexte de jeux à gages »...

En 1916, Radiguet rêva notamment de Gertrude, « une jeune fille russe ». L'exotisme encourage les sentiments, c'est bien connu. Elle le croyait amoureux d'elle, parce qu'il avait l'air de « boire ses paroles ». Mais il pensait que c'était la mauvaise prononciation de Gertrude qui le contraignait a se montrer si attentif.

Il voulut, tout de même, lui envoyer des roses rouges et des mimosas. Mais il reçut « une leçon de civilité » de la part de la fleuriste : « Ce sont des œillets blancs qu'il fallait envoyer à cette jeune fille... » Raymond se fâcha et répondit que « les couleurs changeaient de signification suivant les pays ». Et que, par exemple, « les Chinois portaient le deuil en blanc »... Décidément, les fleuristes n'avaient aucune lumière sur les particularismes des nations ni sur le mystère des jeunes filles russes. Les Katia, les Anna, les Natacha, les Tatiana, les Olga, les Sonia, les Macha et les Irina qui promenaient leurs états d'âme sur les berges de la Neva...

Les fleuves et les rivières sont des mythologies. Le 17 juin 1994, alors que le train Paris-Nantes-La Baule longeait la Loire, je pensais à tous les gens qui tentèrent ou rêvèrent de traverser ce fleuve au début des années 1940... Radiguet a confirmé, pendant son adolescence, que les bords de la Marne étaient l'un des meilleurs endroits pour flâner. Cela valait bien le Mississippi, le Potomac ou le Danube. Sur les bords de cette rivière départementale, propice à l'indolence « créole », Raymond faisait l'école buissonnière avec Mme de La Fayette et La Fontaine. « Couché dans le bateau de [son] père », il lisait *La Princesse de Clèves*, au lieu de réviser sa physique-chimie.

Les rivières sont les miroirs du temps qui passe, et la littérature est toujours une école buissonnière. Mais, avant même d'écrire, Radiguet se reconnaissait dans la grande école du XVIIe siècle. Il *revendiquait* le classicisme, comme d'autres le droit de rentrer à des heures tardives. Il se demandait de quelle couleur étaient les yeux de la princesse et il faisait le compte des *tentations* de La Fontaine, le poète le plus paresseux des lettres françaises, qui était né a Château-Thierry, pas très loin de la banlieue sud-est.

Raymond avait deux *pays* : l'Île-de-France

et la littérature classique. Ces deux patries se confondaient, puisque Mme de La Fayette avait séjourné à Saint-Maur. Elle venait y prendre l'air, se reposer et méditer. La chère comtesse se plaignait déjà de l'existence que l'on menait dans la capitale. « Paris me tue », disait-elle à Mme de Sévigné, qu'elle appelait « ma très chère » ou « ma belle ». Tandis qu'à Saint-Maur, elle « pensait à son aise », comme l'écrirait Radiguet. Elle y trouvait le loisir et la tranquillité nécessaires pour entreprendre une de ces « chroniques du cœur », où se nouaient des « amourettes entre personnes illustres » : *La Princesse de Clèves*, peut-être... Naturellement, cela ravissait le petit Raymond, qui avait des airs d'émigré dans le XXe siècle. Il était « fier de [sa] ville natale » et des ombres que l'on y rencontrait. Les beaux fantômes de l'oisive jeunesse...

En février 1917, les États-Unis annoncèrent la rupture de leurs relations avec l'Allemagne. Lorsque les nations divorcent ou se fâchent, elles tiennent à prévenir le monde entier. Lula Carson Smith (future Carson McCullers) naquit à Columbus, en Géorgie, tandis que l'Amérique s'apprêtait à entrer en guerre, pour remercier le général La Fayette. Sur les bords de la Marne, Radiguet lisait *Daphnis et Chloé*, « le roman le plus chaste du monde », que les « collégiens » de son époque dévoraient « en cachette », avec des « rires à contretemps ». Dans la barque familiale, Raymond composa ses premiers poèmes. À leur sujet, il évoquerait, ce « mélange de pudeur et de cachotterie », propre à l'adolescence. Il s'excuserait d'avoir été quelquefois obscur. Ce n'était pas la faute de ses *professeurs* — Ronsard, Malherbe et La Fontaine...

En avril 1917, les combats du Chemin-des-Dames firent de très nombreuses victimes. Joli nom pour un tel carnage ! Les filles de Louis XV s'étaient jadis promenées sur cette ancienne voie romaine, à présent couverte de cadavres. Mais le jeune homme de Saint-Maur vivait « comme si l'univers n'eût pas existé ». Il n'avait pas « le temps d'y penser ». Pendant ce même mois d'avril, Radiguet découvrit en effet la plus troublante des écoles buissonnières, je veux dire l'amour-passion. Il allait être renvoyé du lycée Charlemagne. Il travaillerait le latin et le grec à la maison, avec son père, en essayant de ne pas trop se laisser distraire. Car il aurait d'autres préoccupations. Il préférerait « suivre la demoiselle », pour reprendre les mots de sa mère.

V

Les leçons de français

Alice fut l'héroïne de cette époque. Sa rencontre avec Raymond, sur l'impériale du train qui les ramenait de Paris — le « train de la Bastille » —, mérita sûrement d'être appelée *fulgurante.* Certaines vies réhabilitent les adjectifs, et d'autres n'y parviennent jamais. Alice avait dix ans de plus que Radiguet. Et son futur mari, Gaston, faisait la guerre. Elle deviendrait Marthe dans *Le Diable au corps,* et Gaston (le mari trompé) s'appellerait Jacques. Il faut bien déguiser les gens.

Raymond connut-il le même éblouissement que le prince de Clèves quand celui-ci rencontra Mlle de Chartres pour la première fois? « Mlle de Chartres ne put s'empêcher de rougir en voyant l'étonnement qu'elle lui avait donné. (...) M. de Clèves la regardait avec admiration, et il ne pouvait comprendre qui était cette belle personne qu'il ne connaissait point. (...) Il s'aperçut que ses regards l'embarrassaient, contre l'ordinaire des jeunes personnes qui voient toujours avec plaisir l'effet de leur beauté. »

Il arrive aussi que les coups de foudre revêtent d'abord les apparences du rejet, sinon de la répulsion. Ainsi, « la première fois qu'Aurélien vit Bérénice, il la trouva franchement laide ». Et Swann jugea qu'Odette n'était pas « son genre ». « Pour lui plaire elle avait un profil trop accusé, la peau trop fragile, les pommettes trop saillantes, les traits trop tirés. Ses yeux étaient beaux mais si grands qu'ils (...) fatiguaient le reste de son visage. »

Ce sont les paradoxes de la première rencontre. Radiguet n'aimait sans doute pas la manière dont Alice (ou Marthe) se coiffait. Il « la querella (peut-être) à propos de ses mèches », mais il fut charmé par son « imprudence » autant que le prince de Clèves par la modestie de Mlle de Chartres.

Dans le train de la Bastille, le jour du coup de foudre, Alice n'était pas seule. Elle se trouvait en compagnie de Maurice, le père de Raymond. Institutrice à Saint-Maur, c'était une voisine de la famille Radiguet. Elle allait donner à Raymond des leçons particulières de français et le faire entrer à l'école des sentiments. À Paris comme en province, les deux enseignements se confondaient souvent.

La grammaire de la passion s'accommodait encore de l'imparfait du subjonctif...

Les grandes vacances continuèrent. Alice épousa Gaston pendant une permission de celui-ci, mais le soldat retourna très vite sur le front. Et Radiguet devint, à quatorze ans, l'amant de cette femme de vingt-quatre ans, qui se plaignait d'être déjà si « vieille ». « Je devais à la guerre mon bonheur naissant », écrirait-il dans *Le Diable au corps.* Et dans *Le Bal du comte d'Orgel,* il confirmerait que les « époques troublées » étaient les meilleures pour « le dévergondage ».

Raymond évoquerait son aventure avec Alice comme un « drame de l'avant-saison du cœur ». Mais, dans les vies brèves, les « avant » et les « arrière-saisons » se distinguent mal les unes des autres. Et je ne sais quelle mélancolie refroidit secrètement les enthousiasmes. Alice et Radiguet s'allongeaient devant un feu de bois, dans l'appartement de la jeune femme. Qui embrassa l'autre le premier ? Il crut que c'était lui, mais c'est Alice qui « attira » son visage, « s'accrochant » à son cou, telle une naufragée. « Je ne comprenais pas, dirait-il, si elle voulait que je la sauve, ou bien que je me noie avec elle. »

Après, il « n'osa » ni la tutoyer ni la vouvoyer. Les périphrases servent à masquer les émotions, et les passions françaises sont nécessairement raciniennes. Souvenez-vous d'Hermione, faisant alterner le *vous* et le *tu* avec Pyrrhus. L'amour est pointilleux avec les pronoms (trop) personnels...

Quand vint l'heure du dîner et qu'il fallut se séparer, Alice et Raymond se raccompagnèrent l'un l'autre deux ou trois fois, agissant comme si la soirée, leur promenade, leur conversation ne devaient pas se terminer. Ils cherchaient sans doute le moyen d'arrêter le temps. « Dans la rue, je marchais aussi légèrement que dans mes rêves », écrirait Radiguet... Par la suite, lorsqu'il retrouverait Alice, elle « jetterait au feu » les lettres de Gaston, comme si elle avait eu le dessein de montrer l'immoralisme de la passion et les cruautés que celle-ci se permet sans le moindre remords.

Pourtant, chaque fois qu'elles arrivaient, les missives de Gaston « prenaient soudain l'importance d'un spectre ». Il ne suffisait pas de les brûler pour conjurer ce qu'elles renfermaient... L'amour rejoint la paresse. Il fait à sa manière l'éloge de l'oisiveté. Il en démontre chaque jour la légitimité, les charmes et les bénéfices. Mais c'est une paresse très occupée. Raymond se rappellerait qu'il n'avait jamais « appris » autant de choses que « dans ces longues journées » où il observait « son cœur novice comme un parvenu observe ses gestes à table ». Aussi, les deux amants n'avaient pas le loisir de juger leur « bonheur criminel ». Ils s'inquiétaient seulement lorsqu'ils « envisageaient la fin de la guerre », qui entraînerait forcément la fin de leur aventure. Et même si l'on se promettait de ne pas se quitter, Radiguet songeait, en secret, qu'il se « détacherait » sûrement d'Alice quand « se fanerait » la jeunesse de celle-ci.

Bientôt, Raymond dicta à la jeune femme les lettres qu'elle destinait à son mari. Il « l'obligea de répondre avec douceur » aux missives du soldat. Rien n'est plus tranquille que le cynisme de la passion... Pourtant, le jeune homme était jaloux du mari trompé. Il se demandait s'il n'était pas seulement, pour Alice, un de ces « passe-temps » où de ces « caprices » que s'offrent les épouses qui s'ennuient pendant les hostilités. Paul Morand dirait qu'elle était « une de ces femmes de guerre (...) à qui la solitude pesait et qui se consolaient avec des réformés ou avec des adolescents ». Lorsqu'elle l'embrassait ou le caressait, Radiguet soupçonnait Alice de penser à Gaston : « Le plus trompé des deux, c'était moi. J'étais son amour par procuration. »

N'empêche, dans les rues de Saint-Maur, les promenades de l'institutrice et de l'adolescent firent scandale. Ils vexaient le zèle de la nation. Ils froissaient le patriotisme. Ils offensaient l'héroïsme... Raymond s'interrogeait non pas sur son âge, mais sur celui de ses sentiments. Quel âge avaient-ils, déjà ? Le jeune homme se demandait cela, comme on demande l'heure quand le temps a passé très vite. Il s'étonnait aussi de la « ressemblance » qui finit par s'établir entre les amants, dans la voix, les gestes, la démarche, le regard : « Plusieurs fois, des étrangers nous prirent pour frère et sœur. »

Hélas ! à moins de souhaiter sa mort, on ne pouvait oublier que le mari d'Alice « reviendrait ». « Après cette période extraordinaire, il retrouverait, comme tant d'autres soldats trompés à cause des circonstances exceptionnelles, une épouse triste, docile, dont rien ne décèlerait l'inconduite. » Était-ce ou non la faute de cet avenir morose ? En tout cas, les sentiments de Radiguet allaient s'user ou se fatiguer avant l'armistice et le retour de Gaston. « Notre amour, écrirait-il, était assez lâche pour se dénouer de lui-même. Mais je ne le savais pas. »

Vers la fin de 1917, il avait débuté dans le journalisme et la vie parisienne. Il avait d'autres attirances. Il fixait à Alice des rendez-vous au *Coq d'or*, rue Montmartre, mais, très souvent, il ne venait pas. Se moquant des tourments et des larmes que provoquaient ces *lapins*, il estimait sans doute avoir terminé son apprentissage sentimental. Manières de sale gosse... Et naturellement, les reproches ne servaient à rien. Alice employait déjà les pauvres mots des personnes démodées. « Tout de même, comme tu as été méchant ! », disait-elle à Raymond, mais il était occupé par autre chose. Au *Café du Croissant*, il jouait à la belote, pour de l'argent, avec les vieux professionnels de la presse. Et l'on voyait rôder l'ombre d'Alice autour de l'établissement ou Jean Jaurès avait été assassiné.

Chez ce garçon de quatorze ans, le mélange de tyrannie, de froideur et d'insolence « inquiétait » les vieux habitués « de la Chambre et du Sénat, de la politique étrangère ou de l'enquête criminelle », comme le raconterait le poète et journaliste André Salmon. Alice se plaignait et se confessait à celui-ci lorsqu'elle ne trouvait pas « le petit ». André Salmon la décrit comme une sorte de « belle géante ». Elle avait, dit-il, « une voix douce, musicale » et « le ton pathétique, oratoire ». Elle semblait « affolée » quand elle arrivait au *Café du Croissant*, pour s'épancher devant « ces messieurs ». Cependant, elle essayait de ne pas verser trop de larmes sous le regard des gens. « On lui offrait un apéritif qu'elle acceptait et ne buvait pas. C'était pour parler. C'était pour l'entendre. On ne portait pas de jugement sur la conduite du petit, auquel c'est tout juste si on se hasardait à dire : *Elle est venue hier. Elle vous cherchait.* »

Elle ne comprenait sans doute pas les décalages horaires ni les éternités qui séparent soudain des endroits jusque-là assez proches, sinon voisins. Par exemple, les bords de Marne et la rue Montmartre... André Salmon s'efforçait de réconforter ou de raisonner Alice. Mais allez consoler de leurs peines de cœur les chattes anglaises et les institutrices de la banlieue sud-est !

Raymond *fit son deuil* de cet amour le 11 novembre 1918. Il assista sans le moindre enthousiasme aux grandes fêtes qui célébrèrent l'armistice. « Les militaires, écrirait-il, avaient le droit d'embrasser les midinettes. » Pour lui, c'était vraiment la fin des vacances... Après le retour de Gaston, les « entrevues » d'Alice et de Radiguet « s'espacèrent ». Puis ils cessèrent de se voir. Il en ressentit de l'amertume et du dépit. Lorsque les passions meurent, on éprouve de toute manière le sentiment d'une trahison. Et Radiguet médita mille vengeances. Quand il voyait passer un enterrement, il se forçait à penser que c'était peut-être Alice que l'on emmenait. Dans *Le Diable au corps*, il ferait mourir Marthe (comme la demoiselle de la balançoire) quelque temps après qu'elle eut mis au monde le fils du narrateur[1] : « Marthe ! Ma jalousie la suivant jusque dans la tombe, je souhaitais qu'il n'y eût rien, après la mort. Ainsi est-il insupportable que la personne que nous aimons se trouve en nombreuse compagnie, dans une fête où nous ne sommes pas. (...) Oui, c'est bien le néant que je désirais pour Marthe. »

Après sa rupture avec l'institutrice, Raymond « crut savoir ce qu'était la vieillesse ». D'ailleurs, « il n'aimait que l'idée de vieillir », comme le ferait remarquer Jean Cocteau. Pour certaines jeunesses, l'âge et les rides ne sont pas une fatalité lointaine, mais une chose qu'elles *ambitionnent* tout de suite... « Jeté dans des aventures d'une nuit », où « le cœur » n'avait aucune part ou presque, Radiguet trouva les journées « sans charme ».

1. La vraie Marthe, c'est-à-dire Alice, rendrait l'âme en novembre 1952. Et Gaston l'imiterait deux ans plus tard. Avant de mourir, il écrirait à Roland Dorgelès, l'auteur des *Croix de bois* et le patron des « poilus ». Accusant Raymond Radiguet d'avoir dérobé le journal intime d'Alice et quelques lettres conjugales, et de s'en être servi pour bâtir une histoire mensongère, Gaston affirmerait qu'avant de disparaître, son épouse lui avait juré qu'elle n'avait pas été la maîtresse du jeune homme. Mais, alors, que faisait-elle à tourner autour du *Café du Croissant* ? Venait-elle pour Jean Jaurès ? Quant à l'enfant d'Alice, difficile de savoir qui était son père... Quoi qu'il en soit, lorsque le *romanesque* s'empare du *réel*, celui-ci crie toujours « Au voleur ! », par l'entremise ou la voix des « éternels maris ».

À quinze ans, il se « crut un grand voyageur, et revenu de tout ». Il pensait que le printemps ne recommencerait pas.

« Cet amour fut comme un rêve », dirait-il. La vocation de la littérature, est-ce de « reconstituer » les rêves ?

VI

Bonjour Max...

Raymond Radiguet n'avait pas encore atteint sa quinzième année lorsqu'il entra dans la république des lettres. C'est André Salmon qui le reçut durant l'automne 1917. Il apportait les dessins de son père à *L'Intransigeant*, rue du Croissant. C'était « un petit garçon en culottes courtes », raconte André Salmon, mais avec cet « étrange regard » qui laissait deviner « un bon candidat à la cruauté ».

Quand il eut remplacé les culottes courtes par de « vieux pantalons » de son père, que l'on avait mis à sa taille, Raymond fit savoir que lui aussi dessinait. Pour aider la famille Radiguet, André Salmon plaça, dans les pages de *L'Intransigeant*, quelques ébauches du jeune garçon, qui parurent sous le pseudonyme de Raimon Rajky. Voilà comment le *petit neveu* de la comtesse de La Fayette fit ses débuts dans la presse et abandonna ses études pour fréquenter les salles de rédaction et les cafés de la rue Montmartre.

Quelque temps après, il fit lire ses poèmes à André Salmon, qui l'envoya tout de suite chez Max Jacob, rue Gabrielle, dans le 18ᵉ arrondissement. En arrivant, Raymond s'adressa à un homme qu'il prit pour le concierge, mais le « monsieur chauve en sabots », c'était Max Jacob lui-même. L'auteur du *Cornet à dés* n'habitait pas une « mansarde », comme le voulait la profession de poète, mais « une sorte de cave ». Radiguet le tutoya très vite. Il ne se gênait pas avec Max... Il lui volait distraitement *Le Guerrier appliqué* de Jean Paulhan. Il sortait de ses poches des papiers chiffonnés qu'il défroissait avant de les montrer à son nouvel ami. C'étaient les poèmes qu'il avait improvisés la veille. Max Jacob, qui mariait une « grande mélancolie juive » et une « bonne humeur de moine », donnait à Raymond des leçons de dépouillement et lui rappelait que Stendhal s'était efforcé d'« écrire comme le code civil ».

Radiguet eut moins de chance avec le *monument* des lettres françaises de l'époque, je veux dire Guillaume Apollinaire. Au XVIIIᵉ siècle, on allait voir Voltaire, et, au XIXᵉ siècle, on s'arrangeait pour rencontrer Victor Hugo. La future Mme de Staël avait à peine douze ans lorsqu'elle fit le pèlerinage de Ferney. C'était un examen de passage. On rendait visite a des statues encore vivantes, afin d'obtenir les *lettres de créance* nécessaires pour entrer dans la littérature...

Guillaume Apollinaire remplissait ce rôle dans les années 1910. Mais il éconduisit Raymond très rapidement ou refusa peut-être même de le recevoir. Tant pis... En mai 1918, le jeune homme de Saint-Maur publia une saynète, *Galanterie française*, dans *Le Canard enchaîné*. Et le mois d'après, il vit paraître son premier poème dans la revue *Sic*. C'était une histoire d'« édredon rouge » que l'on avait mis « à la fenêtre ». Radiguet signait encore Rajky. Mais il en eut vite assez. Pourquoi se déguiser ? Il pensa probablement que les pseudonymes étaient les alibis des jeunesses craintives.

Patronné par André Salmon, il écrivit des articles pour *L'Éveil* et *L'Heure*. En août 1918, il évoqua notamment les méfaits de « la grippe espagnole ». Il traita le sujet sur le ton du badinage : « À la moindre indisposition, certains accusent gravement un sympathique pays neutre, qui ne mérite aucunement d'être pris en grippe ! » Pourtant, Guillaume Apollinaire allait mourir de cette maladie, le 9 novembre 1918. Est-ce que cela existe, les *vengeances prémonitoires* ?

Dans un autre article, Raymond proposait que l'on donnât des cours d'anglais à la police parisienne, pour améliorer les relations de la France avec ses « alliés » et pour que les « soldats australiens » ne s'égarent plus entre la place de l'Opéra et la place de la Madeleine... À Montmartre et à Montparnasse, le petit *provincial* de Saint-Maur découvrait les charmes, les imprévus, les négligences de ce que l'on appelle la *vie de bohème*. Il rencontrait des peintres et des artistes de toutes sortes. Certains s'efforçaient seulement d'être des artistes de l'existence. La chose la plus difficile... Une catégorie de dame intéressait particulièrement Radiguet. C'était « la femme de Montparnasse », car elle « tricotait en même temps des cache-nez pour son *poilu* » et « pour son amant », lequel s'interrogeait en général sur la « nationalité » qu'il aurait après la guerre.

Raymond rentrait à Saint-Maur par le dernier train. Celui « des théâtres », qui serait décrit dans *Le Bal du comte d'Orgel* : « Il ne s'emplit qu'à la dernière minute, et de singuliers voyageurs. Ce sont des acteurs et des actrices, pour la plupart demeurant à La Varenne, et plus ou moins mal dégrimés selon la distance qui sépare leur théâtre de la gare. » On faisait le trajet avec l'ombre (fatiguée) d'Alceste ou le fantôme (défraîchi) de Richard III. Qu'allaient-ils faire dans la banlieue sud-est ?

Quand il manquait le train, Radiguet ne

craignait pas de traverser à pied le bois de Vincennes. Puis il se mit à *découcher*, comme on dit. Il terminait la nuit chez Max Jacob, rue Gabrielle, ou chez le peintre suédois, Nils de Dardel, et sa femme, Thora, rue Lepic. Selon Jean Hugo (l'arrière-petit-fils de Victor), Nils se réveillait « à midi » et paraissait alors « très vieux ». La lumière le blessait sans doute... Mais « il se mettait aussitôt à boire et, à mesure que la journée s'avançait, il rajeunissait en buvant de plus en plus ». Tout de même, les blessures de la lumière sont une drôle de chose.

Thora résumait la blondeur scandinave. Elle faisait voir à Raymond sa collection de photos. Elle avait posé « nue, dans la neige », avec un « haut-de-forme » pour seul vêtement. Fut-elle la maîtresse de Radiguet ? En tout cas, elle apparaîtrait sous le prénom de Svéa, dans *Le Diable au corps*, et elle coucherait (presque) avec le narrateur. Allez distinguer le réel de l'imaginaire ! Bonjour Max, adieu Marthe...

VII

À quoi servent les fleuves et les rivières ?

Après la guerre de 14-18, la vieille Europe galante devint une lointaine silhouette, et les excès de vitesse remplacèrent les langueurs de l'ancien mal du siècle. C'était déjà l'époque des jeunes gens pressés, « des femmes libérées et des hommes perdus », comme le noterait Paul Morand. Car on se perd dans les tourbillons de la vie... Il fallait se venger du malheur, de la mort, des privations et des inquiétudes. Il fallait obtenir réparation de tous les mauvais rêves.

On aimait le jazz, le gin et les voitures de course. Et l'on « s'étourdissait » de fêtes et d'extravagances. La jeunesse était faite pour être brûlée, consumée, flambée, comme l'argent des casinos. Paul Morand donnait l'exemple de « la vie rapide », de la frénésie des voyages et du cosmopolitisme. Il comparerait les gratte-ciel de Manhattan à « des piles de plaques nacrées devant un joueur heureux ». « L'Amérique, dirait-il, a fait sauter la banque. » Il était né le 13 mars 1888, rue Marbeuf, dans le 8e arrondissement. Et Francis Scott Fitzgerald avait commencé de vivre, le 24 septembre 1896, à Saint Paul, dans le Minnesota. Mais il faut croire que la rue Marbeuf n'était pas très éloignée du Minnesota, car le Français et l'Américain donnèrent, tous les deux, le départ des années folles. L'existence serait une partie de plaisir, même si l'on devinait que la gueule de bois ou le désenchantement seraient très vite la conclusion de ce remue-ménage. Les lendemains de fête sont amers et désespérants. C'est connu... Et l'on avait déja trouvé le nom de cette maladie : c'était le *nervous breakdown*, comme l'annonçait Maurice Sachs.

Au début de 1919, Valery Larbaud et Paul Morand fréquentaient l'Espagne. Le premier se promenait à Alicante, et le second séjournait à Madrid. Jean Giraudoux s'étonnait d'être en paix avec les Turcs et les Bulgares quand il se rendait, le matin, au Quai d'Orsay. De l'autre côté de l'Atlantique, Francis Scott Fitzgerald se fiançait avec Zelda Sayre. C'est exprès pour cette jeune fille, née le 24 juillet 1900, à Montgomery, que l'on avait inventé l'adjectif *capricious*. Le français *fantasque* lui convenait encore mieux. Lorsqu'elle jugeait les journées trop longues, elle dérangeait les pompiers de sa ville natale pour des incendies imaginaires. C'était sûrement prémonitoire, car elle périrait dans les flammes, en mars 1948.

Mais les caprices de Zelda remplacèrent les caprices de Marianne. Elle détestait les « explications » et relisait les livres à l'automne, quand il pleuvait. Elle aimait se promener dans les cimetières à cause des « ombres » et des « crépuscules » qui la faisaient « vibrer ». Elle trouvait le lieutenant Fitzgerald très aérien lorsqu'il dansait. Mais Scott était reparti pour New York. Il traînait le long d'East River, en attendant les télégrammes de l'Alabama...

Dans les après-guerres, les jeunes gens se mettent au bord des fleuves et des rivières, pour se reposer l'esprit. Vous les rencontrez sur les berges de la Neva, du Danube, du Potomac, du Mississippi, du Saint-Laurent, de la Seine, de la Loire... ou de la Marne.

Fuyant l'agitation parisienne, Raymond revenait souvent se cacher et lire dans la barque paternelle, comme au temps de sa jeunesse. Quelle jeunesse ? Ses parents avaient déménagé de l'avenue du Rocher à l'avenue de l'Écho, mais ils habitaient toujours Saint-Maur. Et Radiguet retournait dans sa *province* quand il avait besoin de respirer. À chacun la sienne. Pour Valery Larbaud, c'était le Bourbonnais. Pour Jean Giraudoux, le Limousin.

Pour Léon-Paul Fargue, le 10e arrondissement. Pour Raymond, c'étaient les paysages de La Varenne, les cerisiers de Saint-Maur et les bals de Nogent. D'ailleurs, la Marne était à la mode depuis l'épopée des taxis, et Paris allait faire des « parties de campagne » dans tous ces endroits. Mais Radiguet regrettait (déjà) que, par la faute des moyens de transport, l'Île-de-France fût rabaissée « du rang de première province » à celui de « grande banlieue ».

Certains écrivains se rendent en Amazonie pour changer leurs idées ou vérifier leurs rêves. À moins qu'ils ne prennent le Transsibérien... D'autres, comme Raymond, se contentent des bords de la Marne et vantent « la douceur incomparable de cette rivière » ou la « modération » des paysages qui l'entourent. Il semble que les gens de la seconde catégorie n'aillent pas très loin. Cependant, il faut se méfier des apparences géographiques. Même si « tous les poètes ne sont pas allés à New York, (...) chacun à sa manière fait le tour du monde », comme l'écrirait Radiguet, ajoutant que « pour s'immortaliser, il suffit parfois de faire le tour de sa chambre, ou le tour de son cœur ».

VIII

Trop vieux pour la mode

Raymond fut attiré par le mouvement Dada, comme ces amateurs de curiosités qui entrent dans la première boutique lorsqu'ils ont des loisirs et qu'ils sont de bonne humeur. Le jeune homme eut des relations épistolaires avec Tristan Tzara, pendant l'hiver 1918-1919, et l'un de ses poèmes parut dans la revue *Dada*, au printemps suivant. Il publierait aussi des textes dans *Littérature*, jusqu'en février 1920. Avec la bénédiction d'André Breton et de Louis Aragon, naturellement.

Tristan Tzara dirait que Radiguet savait rendre « la légèreté cocasse de la réalité quotidienne ». Il fallait bien que la jeunesse s'amuse avec cette farce d'existence... Dans sa poésie, Raymond célèbre, en effet, les « joueuses de volant » et le « paradis des demoiselles ». Il associe les « diseuses de bonne aventure » et les « cyclistes en jupe-culotte ». Il rencontre des gens qui se taisent « au-dessous de zéro », des détectives qui font « semblant de sourire » pour ne pas être « remarqués », et de « mauvais garnements » qui tentent « de se donner une contenance quand ils traversent le marché aux fleurs de la Madeleine ». Bien sûr, il déplore que les Anglais « fassent des bûches pour leur Christmas », avec « nos bergères ». Puis il fait connaître le régime que l'on doit suivre, « au bord de la mer », pour rester en forme : « déjeuners de soleil » et « dîners de lune ». C'est mieux que les pamplemousses et les bouillons...

Cependant, les *polissonneries* littéraires ne convenaient guère au tempérament de Radiguet, et son *flirt* avec Dada et les futurs surréalistes ne durerait pas longtemps. Il n'aimait ni le désordre ni le relâchement. « Je déteste la bohème, les farces me sont pénibles », écrirait-il bientôt. Il appellerait Dada « le cabaret du néant » pour confirmer une fâcherie définitive.

Raymond, qui publia ses premiers poèmes à quinze ans, mérita l'adjectif *précoce* autant qu'Arthur Rimbaud, car les adjectifs, cela se mérite comme la chance ou la malchance. Mais il était déjà *trop vieux* pour la mode, cette maladie juvénile de la littérature — comme « le gauchisme » a été naguère la « maladie infantile du communisme ». Les débats théoriques ennuyaient Radiguet, et les querelles d'école ne représentaient pas grand-chose pour cet habitué de l'école buissonnière. Néanmoins, il se souvenait qu'il était l'héritier des classiques. L'élève de La Fontaine et de Mme de La Fayette...

Il plaidait pour « la clarté », « la simplicité », « le naturel », et pour le « rajeunissement » des « pensées communes ». Il aimait la manière dont La Fontaine avait discrètement renouvelé des idées très anciennes et très répandues. Par exemple, voulant rappeler que nos mélancolies étaient passagères comme le reste, le fabuliste avait écrit que « sous les ailes du temps, la tristesse s'envole ». C'était une excellente nouvelle, qui remplissait d'aise le petit Raymond dans sa barque de Saint-Maur.

Il allait exprimer des sentiments excessifs sous le couvert de la désuétude. C'était sa façon d'être moderne. Et, dans les galaxies, la comtesse de La Fayette serait étonnée et ravie de suivre la belle (mais très brève) carrière de son neveu du XXe siècle.

IX

L'enfant avec une canne

Quel temps faisait-il à Paris, en juin 1919? On attendait l'été pour savoir si celui-ci redeviendrait la « saison des cartes postales », comme avant la guerre. Les gens éprouvent toujours ce genre d'inquiétude. Même s'ils savent la vanité de leurs espérances, ils voudraient que tout recommence comme naguère ou jadis. Radiguet trouvait la vie très « quotidienne », mais « cette poésie de tous les jours » lui convenait. Il ressentait peut-être « le petit frisson de l'équilibriste dans sa planète, où les autres ne sont pas », comme le dirait Léon Daudet.

Le 8 juin 1919, il faisait très chaud rue de La Baume, dans le 8e arrondissement. À la galerie d'art Léonce Rosenberg, Max Jacob avait organisé « une matinée poétique » pour célébrer l'œuvre de Guillaume Apollinaire. C'est là que Raymond Radiguet rencontra Jean Cocteau, le champion de France de la mythologie. Lequel étonna le plus l'autre ? « Nous vîmes Raymond pour la première fois dans une galerie de tableaux, raconterait Jean Cocteau dans *Mes monstres sacrés.* Il était myope, et toute sa personne fragile, sérieuse, absente, semblait nager maladroitement à la traîne de ce regard qu'il approchait des choses. »

Dans *La Difficulté d'être,* le portrait serait encore plus précis, mais non moins singulier : « Il grimaçait comme au soleil. Il sautillait dans sa démarche. On eût dit que les trottoirs lui étaient élastiques. Il tirait de ses poches les petites feuilles de cahier d'écolier qu'il y enfonçait en boule. Il les déchiffonnait du plat de la main et, gêné par une des cigarettes qu'il roulait lui-même, essayait de lire un poème très court. Il le collait contre son œil. »

À cause de leur regard perdu, certains myopes semblent être de connivence avec le ciel. Ils entretiennent sans doute des relations secrètes avec les galaxies. Jean Cocteau prétend avoir « deviné » tout de suite sous quelle « étoile » se promenait Radiguet. C'est probable, car l'auteur du *Potomak* faisait très bien son métier de champion de France... Revenant des armées, le peintre Jean Hugo se trouvait également à la galerie Leonce Rosenberg. Ce qui le frappa, ce fut la grande pâleur, la chevelure hirsute, la « bouche dédaigneuse » de Raymond. Et surtout le « long manteau » dans lequel l'adolescent paraissait « avoir passé la nuit ». Quelle idée de se couvrir ainsi les jours de canicule[1] ! Cependant, je connais des demoiselles qui traversent la place de la Concorde, en hiver, habillées comme si elles allaient à la plage...

Quelque temps après, quand Radiguet se présenta 10, rue d'Anjou, dans l'appartement où Jean Cocteau vivait avec sa mère, la femme de chambre annonça : « Monsieur, c'est un enfant avec une canne. » Sur la personne qui reçut Raymond, les avis diffèrent. Était-ce un valet de chambre plutôt qu'une soubrette ? Et s'appelait-il « Justin », comme l'affirme Paul Morand, ou « Cyprien », comme le croient certains biographes ? Mais Jean Cocteau parle simplement d'une camériste. Comment se prénommait-elle ? En tout cas, le même mot est rapporté : *l'enfant avec une canne*... Cela étonna tout le monde, et pas seulement les habitants de la rue d'Anjou.

À partir de ce jour, Radiguet et Cocteau devinrent inséparables. Leurs affinités électives occupèrent très vite la troisième place dans la littérature française, après celles de Montaigne et de La Boétie, de Verlaine et de Rimbaud. Mais entre l'adolescent *très en avance*

1. Et quel métier, celui de biographe, lorsqu'il faut revenir de juin 1919 à décembre 1994 ! C'est le meilleur moyen de prendre froid.

sur son âge et le virtuose de la poésie moderne, on ne savait lequel était le disciple de l'autre. Qui était le maître, qui l'écolier. Évoquant à la fois Raymond Radiguet et Erik Satie, lequel avait alors dépassé la cinquantaine et regardait l'avenir avec des précautions d'humoriste, Jean Cocteau dirait : « Ces deux extrêmes m'apprirent à éclairer ma lanterne. »

De toute manière, le 14 juillet 1919, les Français « n'avaient plus d'âge », comme le notait Maurice Sachs. La canicule devenait une habitude, et tout le monde ressentait l'ivresse que procurent les brumes légères quand elles recouvrent Paris en été. Les états d'âme donnaient raison à la théorie des climats... Le mois suivant, les Parisiens retournèrent sur les plages et remirent à la mode les *bains de mer*, sans se douter que leur ville les trompait déja avec le tourisme étranger et ne prenait « pas même le temps de dormir ».

Jean Cocteau partit se reposer au Pays basque. Il écrivit à Raymond, l'appela « mon fils adoptif » et lui conseilla de porter de « grosses lunettes rondes », pour avoir « l'air d'un poète chinois ». Prolongeant ses vacances, Jean Cocteau fit un détour par Aix-en-Provence et Grasse, avant de rentrer à Paris. « On villégiature aux quatre coins du monde », se disait Radiguet sur les bords de la Marne.

X

Images d'automne

Tout de même, ils avaient la bougeotte en 1919, après le mauvais rêve qu'ils venaient de vivre. Ils se moquaient, peut-être, de Pascal et de sa maxime sur « le malheur » des hommes qui ne peuvent « demeurer en repos dans une chambre »... On ne savait jamais trop dans quel arrondissement de Paris se promenait Léon-Paul Fargue ni dans quels pays séjournaient Paul Morand et Valery Larbaud. Celui-ci, par exemple, se trouvait à Londres, pour les débuts de l'automne. Il avait alors trente-huit ans. Il tenait son journal afin de contrôler ou de ralentir la course du temps. C'est la chimère ou le souci de presque tous les écrivains... Arrivé très tard, dans la nuit du 23 au 24 septembre, après avoir été en panne dans le « Paris-Amiens-Calais » de je ne sais quelle heure, Valery Larbaud avait attendu le petit jour « au buffet de la gare de Waterloo », parmi des gens aux traits tirés, qui ressemblaient sûrement à des fantômes. Il était venu pour revoir Gladys, une demoiselle qu'il avait rencontrée sur les bords de la Tamise, en 1911, et qu'il avait emmenée à Florence, en 1912, avant les hostilités...

La France voulait se venger de la guerre. Raymond Radiguet passait par là. Jean Cocteau l'entraîna dans les dîners, les bars, les salons et les mondanités. L'époque se dépêchait, et l'on courait d'une « attraction » à l'autre : Montparnasse, Montmartre, l'exotisme, l'alcool, le jazz ou la mode.

Cependant, Raymond regardait ce remue-ménage avec une « taciturne arrogance », si l'on en croit Paul Morand. Paradoxalement, il appréciait la compagnie des personnes volubiles, car elles « permettent de se taire ». D'après Georges Auric, l'adolescent n'était « bavard » qu'« avec les femmes ». Et les hommes prirent son mutisme pour une bouderie perpétuelle. Il faisait savoir que les enfantillages des grandes personnes ne l'amusaient pas. Roger Nimier résumerait tout cela brillamment : « Tous ceux qui ont connu Radiguet nous parlent d'un petit être myope, habituellement silencieux, qui promenait son visage de marbre au milieu des conversations et des rires. Il portait une canne pour se vieillir. Il haïssait le métier d'enfant prodige. Il refusait d'être admiré en raison de son âge. On l'accusait d'avoir le cœur sec. »

Mme Cocteau le considérait sans doute comme un sale gosse qui dérangeait les affaires et la vie de son fils. Car Raymond dormait sur un divan, rue d'Anjou, dans le bureau de Jean. Et ce jeune homme, tellement soucieux de l'ordre dans la syntaxe, n'apportait que le désordre dans l'existence quotidienne. Aussi, Mme Cocteau ne consentit pas longtemps à l'héberger. Malgré sa réserve apparente, c'était le genre de jeune homme très envahissant.

De son côté, Maurice Radiguet écrivit à Cocteau pour s'enquérir de la vie que Raymond menait à Paris, durant l'automne 1919. Les familles s'inquiètent. C'est leur habitude ou leur métier... En novembre, malgré les fêtes et les extravagances, Maurice Sachs trouva qu'il y avait « un fond de tristesse dans l'air ». Et quelques semaines après, Radiguet ferait la réclame de la « nouvelle mélancolie » inaugurée par Jean Cocteau : celle « des fêtes foraines » à l'heure où s'éteignent les lumières...

En décembre, Marcel Proust reçut le prix Goncourt pour *À l'ombre des jeunes filles en fleurs*. Et dans son portrait de Cocteau, Radiguet affirma que « la vie [était] une féerie à grand spectacle ». Naturellement, les gens ressemblaient parfois « aux clowns de *Médrano* », et cela blessait, « l'orgueil de certaines *grandes personnes* ». À la fin de l'année, Raymond fit ses débuts dans le genre romanesque. Il commença d'écrire *Le Diable au corps,* entre deux nuits blanches.

Mais où dormait-il, quand cela lui arrivait ? Dans des hôtels borgnes de Montmartre et de la Madeleine, sans doute. Ou chez Jean Hugo et sa femme, Valentine, 28, rue de Montpensier. Raymond partageait leur petit déjeuner devant le jardin du Palais-Royal, qui est le meilleur endroit pour la rêverie matinale. Le gamin de Saint-Maur songeait sûrement à cette nouvelle de Mme de La Fayette, *La Princesse de Montpensier,* qui débutait ainsi : « Pendant que la guerre civile déchirait la France sous le règne de Charles IX, l'amour ne laissait pas de trouver sa place parmi tant de désordres et d'en causer beaucoup dans son empire. »

Mais pourquoi des hôtels *borgnes* ? Parce qu'ils sont mal éclairés, cher monsieur, et que l'on y passe son existence dans le demi-jour, à la merci des rencontres douteuses.

XI

Des gens très chic

Pendant l'automne 1919 et l'année 1920, Jean Cocteau s'occupa de faire les présentations. Il fit connaître à Radiguet les gens les plus chic et les plus épatants. Il l'emmena dans les « dîners du samedi », qui se tenaient à Montmartre ou chez l'« ancien forçat » René de Amouretti, rue Pierre-Demours, dans le 17e arrondissement. Ou encore chez *Delmas*, un restaurant de la Madeleine... Parfois, les « samedistes » allaient « applaudir » les clowns Fratellini, et les soirées se terminaient à *Médrano*. Chez René, les repas étaient accompagnés par des « guitares hawaïennes ». « Quelle merveilleuse jeunesse nous avons eue ! », disait-on le lendemain matin... Dans ces dîners, il y avait Paul Morand, Marie Laurencin, Lucien Daudet, les Hugo et les musiciens qui venaient de former le « groupe des Six » : Arthur Honegger, Francis Poulenc, Georges Auric, Darius Milhaud... Revenant de

Camargue, Jean Hugo essayait de décrire à Paul Morand les « taureaux noirs » et les « flamants roses », mais celui-ci n'avait que Paris en tête. La *ville magique*, où l'on avait rendez-vous avec tout ce qui faisait battre le cœur... Pour André Beucler, Paul Morand était « l'antenne » ou le « radar » de « la civilisation neuve » qui s'ébauchait. Max Jacob et Léon-Paul Fargue étaient les « conteurs persans » des temps modernes. Quant à Jean Cocteau, c'était (selon Maurice Sachs) « le grand imprésario de l'époque, le commentateur et le vulgarisateur de toutes les nouveautés ».

Et Raymond Radiguet dans tout cela ? Eh bien ! il avait changé d'allure, remplaçant les lunettes par le monocle. Il versait dans le dandysme, mais il gardait son beau masque « lourd et obstiné ». Il tenait « le rôle du jeune prodige des échecs », même s'il détestait cet emploi. D'après Jean Hugo, ses amis l'appelaient « mon petit Monsieur » ou « Monsieur Bébé ». Je ne sais s'il était content de ces surnoms... En tout cas, le « petit Monsieur » ne connaissait pas l'indulgence lorsqu'il portait des jugements. Si quelque peintre montrait sa dernière toile, en précisant qu'elle n'était pas terminée, Raymond disait froidement : « Il serait humain de l'achever. » Jean Cocteau parle de « cette grimace par laquelle Radiguet se moquait du concours de grimaces, derrière son monocle de grande personne », et de « ce pied de nez qu'il faisait et fera toujours dans le dos de toutes les vulgarités du monde ».

Les gens très chic, c'étaient les Beaumont, Misia Sert et Mlle Chanel. Étienne et Édith de Beaumont avaient un hôtel particulier à l'angle de la rue Masseran et de la rue Duroc, dans le 7e arrondissement. Raymond y fut reçu dès novembre 1919. Il devait y revenir souvent, car le comte aimait les réceptions et les fêtes. Naturellement l'hôtel donnait sur un *jardin à la française*, ou les invités croyaient respirer l'air du XVIIIe siècle. Certaines personnes versatiles adorent changer d'époque. C'est sans doute leur manière de *tromper le temps*. Étienne de Beaumont avait, pour sa part, « l'obsession de la jeunesse éternelle ». Et s'il recherchait la compagnie des artistes et des écrivains, c'était (peut-être) pour en découvrir le secret. Cependant, il était d'abord soucieux des convenances et de l'opinion, comme presque tous les mondains. Cela le résumait davantage que les audaces qu'il montrait dans le choix de ses relations. Il servirait de modèle au comte d'Orgel, et Radiguet dirait que celui-ci « n'était habile à exprimer que ce qu'il n'éprouvait pas ».

Édith de Beaumont avait la réputation d'être « étrange » et « rêveuse ». Mais elle ne faisait que son métier. Tout le monde le sait :

les comtesses sont pensives, les duchesses sont tyranniques, et les marquises frivoles. Chez les Beaumont, on rencontrait Erik Satie, Pablo Picasso, Marie Laurencin, Paul Morand, Misia Sert et Reginald Bridgeman, qui représentait la Grande-Bretagne. Cet attaché d'ambassade charmait les Français avec ses chapeaux melon, son parapluie de dame et son prénom. Quelle chance de s'appeler Reginald ! Jean Cocteau faisait de la gymnastique dans le jardin à la française, et Georges Auric se demandait « quel vertige » emportait l'espèce humaine.

Quant à Misia Sert, elle poursuivait sa belle carrière conjugale et sentimentale. Elle se prénommait également Sophie, Olga et Zénaïde. Née (par hasard) à Saint-Pétersbourg, en 1872, elle avait passé son enfance près de Bruxelles, avec une grand-mère russe, pensive comme les comtesses et dépensière comme les marquises. Misia avait épousé successivement Thadée Natanson, Alfred Edwards et José Maria Sert. Elle voulait des maris mécènes, même si cela devait entraîner des revers de fortune. Les deux premiers aidèrent les arts et les lettres. Le troisième faisait de la peinture. Sous les traits de Mme Natanson, de Mme Edwards ou de Mme Sert, l'ancienne demoiselle de Bruxelles (et de Saint-Pétersbourg) savait exercer la même séduction.

D'après G.K. Chesterton, « les anges volent parce qu'ils se prennent à la légère ». C'était sans doute le cas de Misia Sert. Jean Cocteau reconnaissait en elle « une de ces femmes auxquelles Stendhal accorde le génie. Génie de marcher, de rire, de remettre à sa place, de manier l'éventail, de monter en voiture, d'inventer un diadème »... Pour Paul Morand, c'était une « mangeuse de millions », dont les moindres « lubies » devenaient aussitôt des « modes ». Il évoquait à son propos « la vibration » de certains êtres.

Gabrielle Chanel convenait que la fameuse *modération* française « ne signifiait rien pour cette nomade des steppes ». Les deux femmes se rencontraient presque tous les jours. Elles prenaient le thé, peut-être, et se dévisageaient comme si l'une était le miroir de l'autre. Car Misia Sert « ne s'attachait qu'à ce qu'elle ne comprenait pas ». Et Coco Chanel restait « un mystère pour elle ».

Raymond Radiguet ferait l'éloge de la couturière quand elle imaginerait des costumes pour l'*Antigone* de Sophocle, adaptée par Jean Cocteau. Le jeune homme serait ravi de voir les personnages de l'Antiquité habillés « avec des laines d'Angleterre ». « Mlle Chanel, dirait-il, nous a fait toucher du doigt cette ressemblance si mystérieuse des anciens Grecs avec les Anglais. » Ensuite, il ne faudrait pas s'étonner si les demoiselles d'outre-Manche portaient la robe d'Antigone sur les plages de Brighton et de Bournemouth.

Gabrielle Chanel pensait-elle déjà que « la mode, c'est quelque chose au bord du suicide » ? Le 21 février 1920, la *Comédie des Champs-Élysées* présenta un spectacle de Jean Cocteau, *Le Bœuf sur le toit*, avec une musique « brésilienne » de Darius Milhaud. C'était un ballet, une pantomime où l'on retrouvait les clowns Fratellini. Mais pourquoi ce titre ? Parce que c'était « l'enseigne du bar » où se déroulait cette « farce américaine ». *Le Bœuf sur le toit* n'avait ni plus ni moins de sens que *Le Chien qui fume* ou *Le Cheval borgne.* « J'aime autant *Le Bœuf sur le toit* que n'importe quel film de Charlot », écrivit Raymond dans *Le Gaulois.* Rien de moins. Car l'amitié réclame une admiration réciproque. C'est son motif et sa nourriture, comme le ravissement pour l'amour.

N'empêche, lors de ses visites rue d'Anjou, Radiguet avait toujours ses mauvaises manières. Et la négligence, la nonchalance de « Monsieur Bébé » jetaient le discrédit sur l'éducation des jeunes gens de Saint-Maur.

XII

Les folies de Robinson

Que faisiez-vous en avril 1920 ? Francis Scott Fitzgerald et Zelda Sayre se marièrent à New York, dans la cathédrale Saint-Patrick, en attendant de connaître le *Ritz*, qui serait « la cathédrale de leurs états d'âme ». Pendant ce temps, à l'Est, Franz Kakfa commençait une relation épistolaire avec une jeune femme qu'il avait rencontrée dans un café de Prague. « Je me rappelle seulement votre silhouette », lui écrivait-il. Franz et Francis, Milena et Zelda... Qu'auraient eu à se dire la demoiselle de l'Alabama et la jeune femme d'Europe centrale ?

Scott et Zelda se prenaient pour des héros de roman. La nouvelle mariée pensait même qu'ils étaient des personnages de tableau « dans la galerie de l'existence ». C'est dangereux. Cela peut vous conduire très loin. Mais comment raisonner les Américaines qui désirent *traverser les miroirs* ?

Quant à Raymond, difficile de suivre sa trace. Durant ces derniers mois, il s'était beaucoup *dissipé*, comme on le dit des mauvais élèves, des femmes légères et des nuages. Avec les mondanités, l'alcool, l'opium peut-être, et les nuits précaires dans des hôtels de fortune, comment ne pas disperser sa vie ? En avril 1920, le jeune homme séjournait probablement à Carqueiranne, dans le Var, pour se reposer l'esprit et calmer un peu son existence. Mais Jean Hugo se souvient de lui avoir recommandé », l'hôtel-restaurant-tabac *Gilly-et-Jules* en 1921 seulement. Allez savoir avec les incertitudes de la mémoire ! En tout cas, l'établissement se trouvait à proximité de la mer, « parmi les palmiers, les eucalyptus et les champs de narcisses ». Et dans la campagne, autour de Carqueiranne, certaines maisons semblaient former quelquefois une de ces « fausses rues » que l'on aperçoit dans les rêves. Évidemment, cela dépendait de la météo des âmes autant que des caprices de la lumière.

En mai 1920, Radiguet et Cocteau lancèrent une revue. Intitulée *Le Coq*, puis *Le Coq parisien*, elle aurait quatre numéros et disparaîtrait à la veille de l'hiver. Auteur du fox-trot *Adieu, New York !*, Georges Auric signa l'éditorial du premier numéro et l'appela *Bonjour, Paris !* Raymond écrivit une sorte de pamphlet contre les modes littéraires : *Depuis 1789, on me force à penser. J'en ai mal à la tête.* Le pauvre jeune homme... L'Histoire avait fini par lui donner la migraine. Dans *Le Coq parisien* de novembre 1920, Radiguet préviendrait les poètes « contre la bizarrerie ». « La vraie élégance, dirait-il, ne doit pas se faire remarquer. » Et l'on doit tout déguiser, « même la pudeur ».

Le 15 mai, après une soirée à l'Opéra — où l'on avait assisté à la première représentation de *Pulcinella* d'Igor Stravinski —, le peuple des noctambules se rendit à Robinson, chez René de Amouretti, qui avait déménagé de la rue Pierre-Demours et tenait à présent « un étrange château » dans la banlieue sud. Le prince Firouz y donnait une fête pour montrer (sans doute) comment on pouvait être persan tout près de Paris. Raymond dépeindrait, dans *Le Bal du comte d'Orgel*, « le cortège d'automobiles » qui prit la route de Robinson. Il y avait Igor Stravinski, naturellement, Serge de Diaghilev, la princesse Murat, Pablo Picasso, Misia Sert, Lucien Daudet, Jean Cocteau, les Hugo... et le petit Radiguet.

Dans *Le Bal*, René s'appellerait Gérard et serait présenté comme un « ancien croupier ». Le prince Firouz aurait les traits de Mirza : « On ne pouvait rêver de Persan plus persan que Mirza. Mais le faste des ancêtres reparaissait chez lui sous d'autres formes. (...) Il collectionnait les automobiles. Toujours le premier à vouloir le neuf, il les achetait encore imparfaites, et avant qu'elles fussent mises au point. Il lui arriva de rester en panne, sur la route de Dieppe, avec la plus grosse voiture du monde, qu'on ne pouvait réparer qu'à New York. » La fête de Robinson se termina très tard. Stravinski, complètement ivre, jeta du balcon les oreillers, les traversins et les matelas des chambres.

Et Max ? Avait-on de ses nouvelles ? Heurté par une voiture, le 27 janvier, et transporté à Lariboisière, il avait pris froid dans cet hôpital. Atteint d'une congestion pulmonaire, il avait côtoyé pendant plusieurs semaines le dénuement et les misères de la « salle commune ». Il était loin de Robinson et de ses folies, malgré les évidences géographiques. À la fin du mois de mai, Max Jacob écrivit à Raymond : « Je suis toujours heureux de t'avoir. Les jeunes font toujours honneur par leur visite, et ta société m'est particulièrement agréable. » « Monsieur Bébé » se faisait rare, peut-être. Il n'avait pas le temps, que voulez-vous ?

XIII

L'âme des automobiles

Jean Cocteau passa le début de l'été 1920 à Londres. Il trouvait que cette capitale avait des airs de province. Il avait le *spleen*, des rhumatismes et la nostalgie de Paris. Mais il devait rester sur les bords de la Tamise pour les répétitions du *Bœuf sur le toit*, qui serait bientôt représenté au *Coliseum*. Il avait écrit à Radiguet : « C'est vous qui devriez être ici, avec une petite casquette, arrivant pour faire vos études et jouer au football. » Cependant, Cocteau promettait à son ami de lui « rapporter un haut-de-forme ». Cela se mariait davantage avec le monocle.

Vers la mi-juillet, Raymond publia son premier recueil de poèmes, *Les Joues en feu*, chez François Bernouard. Max Jacob déclara que c'étaient les « fêtes galantes du collège ». Il évoqua, dans une lettre, le « frisson nouveau » qui parcourait ces textes. Il vouvoyait Radiguet pour la circonstance. Pour les compliments...

De l'autre côté de l'Atlantique, ce genre de *frisson* mena les Fitzgerald du Connecticut jusqu'en Alabama, à bord d'une vieille voiture. Ce que l'on appelle « un rossignol », sans se soucier du tort que l'on fait à la réputation de cet oiseau quand on se sert de son patronyme pour désigner les objets usagés ou démodés. Il y a comme cela de malheureuses destinées linguistiques... Les Fitzgerald passaient leur lune de miel dans le Connecticut lorsque, en se réveillant, le matin du 15 juillet, Zelda eut la nostalgie de l'Alabama et des petits déjeuners *sudistes*, avec des biscuits et des pêches. La jeune femme n'avait pas l'habitude de réprimer ses envies, et son mari « l'encourageait à rêver ». Alors, ils partirent sur-le-champ, avec leurs « grosses lunettes protège-poussière », pour un voyage de mille deux cents miles, c'est-à-dire mille neuf cents kilomètres.

Le secret de cette escapade, c'était de mêler le goût du bonheur et la *chasse stendhalienne* avec des prémonitions de perdant. Quelque chose d'*éperdu*, malgré l'allégresse que l'on éprouvait et les fantaisies que l'on se permettait... Après avoir traversé New York, les Fitzgerald eurent « les larmes aux yeux », car ils songeaient à tous les gens qui n'avaient plus le « privilège d'être jeunes » et de « pouvoir s'élancer » vers les collines de l'Amérique.

À la tombée de la nuit, Scott et Zelda faillirent s'égarer dans le New Jersey. L'immensité américaine les dévorait. Ils étaient les héritiers ou les précurseurs de toutes les générations qui se perdent « au cœur des civilisations », comme l'écrit Antoine Blondin. Par la suite, les prairies du Maryland réconcilièrent (provisoirement) Scott et Zelda avec l'existence. « Il fallait s'enfoncer dans cette chaleur verte, cette obscure et tendre douceur », et la jeune femme était « aux anges ». C'était sûrement une autre de ses habitudes. « Nous sommes formidables », s'écriait-elle.

Après bien des péripéties, les Fitzgerald arrivèrent quand même dans le Sud. Et la nouvelle se répandit que Zelda était revenue. La vieille voiture se préparait à rendre son dernier soupir, et Scott la vendit à regret, persuadé que les automobiles avaient une âme. Quel était l'avis du prince Firouz sur la question ?

Pendant ce temps (chacun son métier), Jean Giraudoux se promenait peut-être dans les sous-préfectures de la France profonde, Franz Kafka dépeignait à Milena les tourments de la condition humaine, et Radiguet faisait des devoirs de vacances à Barbizon. C'était à peine moins exotique. Il faudrait méditer sur les charmes comparés de l'Alabama et de la Seine-et-Marne, mais je ne sais ce que prenait Raymond pour son petit déjeuner.

XIV

Les femmes de 1920

Accompagné de Jean Cocteau, « Monsieur Bébé » termina (sans doute) l'été à Carqueiranne, puis à Piquey, sur le bassin d'Arcachon. Les deux amis allaient faire plusieurs séjours dans cet endroit magique, à l'hôtel *Chantecler* précisément : une « maison de planches » qui recevait les amateurs de vie sauvage et de robinsonnades...

« Vous connaissez l'hôtel *Chantecler*? » Le jeune ostréiculteur auquel je m'adressais, en août 1994, me regardait comme une sorte de revenant. Il répondit par une autre question :

« Vous n'êtes pas venu depuis longtemps?

— Depuis 1920...

— Quel âge avez-vous donc? »

Sur la figure du jeune homme, le sourire succéda très vite à l'étonnement. Il m'indiqua non pas l'hôtel *Chantecler*, mais la résidence qui l'avait remplacé et qui portait le même nom. Bien que domestiqués par le tourisme moderne, les lieux offraient encore beaucoup de séductions et de miroitements. En face, on apercevait l'île aux Oiseaux. C'est, paraît-il, la dernière escale des oiseaux migrateurs avant l'Afrique. Il faudrait mener une enquête sur toutes les *Bird Island* de la planète. L'ornithologie n'est sans doute pas une science moins rêveuse que la géographie.

Cependant, quelle idée de chercher des fantômes sur le bassin d'Arcachon ! Quelle entreprise de faire la biographie du « petit Monsieur » de Saint-Maur ! On tisse une toile, on jette des filets, mais les fantômes s'échappent. C'est leur vocation, après tout.

Durant l'été 1920, Raymond Radiguet et Jean Cocteau composèrent ensemble une farce, *Le Gendarme incompris*, et le livret d'un opéra-comique en trois actes, qui s'intitulait (encore) *Paul et Virginie*. C'était écrit pour Erik Satie, lequel ne fit jamais la musique. Tant pis pour le charme créole... À l'automne, Raymond rédigea (tout seul) un essai, *Règle du jeu*, pour éclaircir ses idées sur la littérature. Il livrait quelques secrets professionnels. Il faisait entrevoir l'envers du décor et la loge des artistes. « Je ne sais rien de plus austère, de plus chaste, que la loge d'un clown », disait-il.

Vers la fin septembre, il reçut une lettre de tante Eugénie. Elle le félicitait pour *Les Joues en feu*, tout en regrettant que trop de poèmes ressemblent à des rébus. Elle n'aimait guère les devinettes. C'est toujours comme cela avec les tantes Eugénie. Avec les oncles Octave aussi, du reste... N'empêche, il fallait s'efforcer à la clarté.

En octobre, Andre Malraux, qui s'occupait des éditions du Sagittaire, fit savoir qu'il voulait bien publier des manuscrits de Radiguet. Toutefois, il ne le trouvait « pas assez vieux maître » pour que les éditeurs le sollicitent. C'était à Raymond de faire les premières démarches. *Pas assez vieux maître*, c'est drôle, non ?

À la veille de novembre, Maurice Radiguet écrivit encore à Jean Cocteau. La famille recommençait de s'inquiéter : où dormait Raymond et comment passait-il ses journées ? Hélas ! Cocteau n'était pas très renseigné sur les allées et venues du jeune homme, car celui-ci ne cessait de disparaître, de s'évaporer, de courir ailleurs. Lors de ses promenades clandestines, Radiguet découvrait sans doute les femmes de 1920, qu'Emmanuel Berl dépeindrait si joliment : « Elles s'étaient coupé les cheveux (...), elles faisaient de la peinture et voulaient absolument être heureuses. Elles avaient beaucoup de pudeur, mais leur pudeur ne portait pas sur leurs corps. Elles étaient éperdument sentimentales. »

Raymond mettait Georges Auric dans la confidence de ses « aventures féminines ». « C'était l'époque où Paris était visité par de jeunes étrangères, pour la plupart américaines », raconte le compositeur. Et Radiguet tombait le plus souvent « sur des vierges ». Les Natacha, les Tatiana et les Irina de jadis étaient remplacées par les Nancy, les Pat ou les Susan qui venaient se dévergonder en France.

À l'aube, Raymond rentrait furtivement dans une de ces chambres du quartier de la Madeleine, où les œuvres de Ronsard, de Malherbe et de La Fontaine semblaient veiller sur les désordres de l'existence.

XV

Une vieille âme

On ne savait où Paul Morand passait la nuit de Noël 1920 : il réveillonnait probablement chez Coco Chanel... En janvier 1921, Raymond publia son deuxième recueil de poèmes, *Devoirs de vacances.* Il n'avait fait et ne ferait jamais que cela. Les dîners du samedi se terminaient à présent porte Maillot, chez Mme Caryathis, la future Élise Jouhandeau. Les gens se déguisaient très souvent. Et Valentine Hugo se changerait en personnage de Marie Laurencin pour s'enfuir dans l'imaginaire.

Le 19 février, les meubles de Henri Désiré Landru furent mis en vente à l'hôtel Drouot. Combien le poêle, combien la cuisinière? Quelques jours après, Cocteau, Radiguet et les autres découvrirent le bar *Gaya*, rue Duphot, qui donnait des soirées de jazz, tout près de la Madeleine. Le noir américain Vance Lowry jouait du saxophone, Jean Wiener était au piano, et Jean Cocteau se mettait à la batterie, tandis que Paul Morand faisait le barman. Louis Moysès, le patron de l'établissement, venait de Charleville. Et les photos d'Arthur Rimbaud *lui rappelaient quelque chose*. L'air de famille des Ardennes... Léon-Paul Fargue observait avec des gourmandises d'anthropologue le public du *Gaya* : ce beau monde et ce demi-monde « dans le sillage desquels évoluait une sorte de collégien de génie, Raymond Radiguet ». Cependant, L.-P.F. se disait tout bas que *« when they are so clever, they never live long »*.

Radiguet rêvait et buvait en silence tandis que les autres s'agitaient. Selon Joseph Kessel, rien n'était « moins ordonné » que son existence « extérieure » ; rien n'était « mieux protégé que sa vie intérieure ». Dans la pénombre des bars, alors que s'accéléraient les années, ce jeune homme ressemblait à une vieille âme. Il avait sans doute mené d'autres vies avant d'essayer celle-ci. Comme Étienne de La Boétie, comme Pascal, comme Mozart et comme Évariste Galois.

À la fin de février, Raymond retourna à Carqueiranne. Il allait écrire là-bas certains des poèmes qui figureraient dans la deuxième édition des *Joues en feu*. Le « naïf habitant de l'Île-de-France » avait rendez-vous avec les mythologies de la Méditerranée. « Après les nymphes de la Marne, Vénus au bain, il y avait de quoi vous tourner la tête ! », dirait-il. Jean Cocteau ne tarda pas à rejoindre « Monsieur Bébé » dans le Midi. C'était le plus jeune qui donnait à l'autre des conseils de lecture, et Cocteau redécouvrit les attraits de Mme de La Fayette après les séductions de Ronsard.

Sur la terrasse de l'hôtel *Gilly-et-Jules*, un gros monsieur, coiffé d'une casquette de marin, prenait ses repas très seul et très pensif. De temps à autre, il inspectait la mer avec ses jumelles. Il y a toujours, dans les hôtels, des clients solitaires qui scrutent l'horizon pour *tromper* leurs états d'âme.

Radiguet revint à Paris, en avril, avec les cheveux très courts et la peau très brune, ce qui étonna Valentine Hugo. Les mondanités reprirent aussitôt, et Raymond porta son premier smoking. Robert Desnos le rencontra un soir, dans un bar de l'Opéra. Ils n'éprouvèrent aucune sympathie l'un pour l'autre. Tant pis... Car les gens avertis annonçaient « un arrivage d'Américains intellectuels ». C'était l'époque où les Fitzgerald venaient découvrir les bords de la Seine. Paul Morand ferait connaissance quatre ans plus tard avec les bords d'East River. C'est sans doute ce que l'on appelle des « échanges culturels ».

Vers la fin du printemps 1921, les ballets suédois suscitèrent presque le même engouement que les ballets russes. Paris était ravi de s'enflammer. Ravi d'être noctambule... Une autre femme était entrée dans l'existence de Radiguet. Elle se prénommait Béatrice. Elle dissipa les derniers regrets qu'inspirait encore Alice, et le souvenir de celle-ci fut annexé définitivement par l'imaginaire.

XVI

La passion selon Béatrice

Béatrice Hastings avait des airs de lady. D'ailleurs, ce titre honorifique était devenu, pour elle, un surnom. Les gens l'appelaient « Lady ». Elle était anglaise. Elle portait des chapeaux à fleurs. Elle aimait se déguiser en bergère de Louis XV, mais elle savait conjuguer l'élégance et l'extravagance.

Elle avait épousé un champion de boxe, dans sa première jeunesse, et recevait d'Angleterre une « rente » mystérieuse. Était-ce un vieil oncle ou le boxeur qui l'entretenait ? En tout cas, Béatrice avait le loisir d'écrire des poèmes et de vivre des passions. Du reste, elle mettait le meilleur de sa poésie dans sa carrière mondaine et sentimentale. Son genre de vie, si vous préférez... Car elle était excessive comme les autres respirent ou disent bonjour.

Quand elle avait quitté Londres pour s'établir à Paris — mais peut-on parler d'*établissement* avec des personnes de cette sorte ? —,

Béatrice avait emmené avec elle Miss Hamnet, une artiste que la république de Montparnasse s'empressa (bien sûr) de baptiser « Miss Hamlet ». Une occasion pareille ne se présente pas tous les jours ! Béatrice avait une autre amie, la baronne Hélène d'Oettingen, qui menait l'existence la moins rangée ou la plus déraisonnable. « On ne fonde pas une famille avec la baronne », déclarait Max Jacob, mais celle-ci s'en moquait. Elle légitimait sans doute ses frivolités, ses folies par ses origines russes et par son état de jeune (et jolie) veuve...

Grâce à Béatrice, qui collaborait à la presse londonienne, Max avait *écrit en anglais* dans l'hebdomadaire *The New Age*, alors qu'il ne connaissait pas un traître mot de cette langue. Pourquoi *traître*? Et quels sont les mots les plus perfides ? Quand elle avait débarqué à Paris, Béatrice avait rencontré presque tout de suite Amedeo Modigliani dans un bar-crémerie de Montparnasse. La première fois elle le trouva antipathique, et la seconde fois séduisant. C'est souvent comme cela.

Elle fut sa maîtresse et son modèle de 1914 à 1916. C'est une condition très ambiguë. Béatrice et « Modi » faisaient l'amour quand il avait fini de la peindre. C'est très grisant, mais cela entraîne forcément des scènes de ménage. Et le whisky ni le haschisch n'arrangent rien. Lorsqu'elle se sépara de

Modigliani, Béatrice partit se distraire quelque part, je ne sais où. Quel est le meilleur endroit pour soigner les peines de cœur et se reposer des intempérances ou des intempéries de l'amour ?

C'est au printemps 1921 que « Lady » devint la maîtresse de Raymond Radiguet, ou peut-être même pendant l'année 1920. Cette passion ne fut pas moins agitée que la précédente. Car le jeune homme manquait de ponctualité. Il se conduisait avec Béatrice comme avec Alice, et ne venait pas à tous les rendez-vous. Rien de pire que les *lapins*, les attentes contrariées, les espérances déçues... Béatrice envoyait des mots de détresse : « Quand tu m'auras bien tuée, je vais me faire religieuse. Je meurs de ne pas te voir. Je m'impatiente pour le coup de grâce. » Ou encore : « Seigneur ! que j'aimerais t'avoir ici pour rire un peu. Je ne fais que pleurer la lourdeur de l'univers. »

Elle suppliait Raymond de trouver « le moyen » de se faire pardonner. Après quoi elle le traitait de tous les noms que comporte une ménagerie. Et le jeune homme finissait par juger envahissantes les inclinations des ladies.

Et puis il y avait l'ombre de Jean Cocteau. Celui-ci se méfiait de Béatrice. Il la regardait comme une sorte de « monstre » : « potinière » et « policière ». De son côté, elle voulait rester fidèle à Radiguet, mais elle redoutait de compromettre sa réputation de frivolité. Cette Anglaise n'avait pas de chance avec le continent.

Cependant, elle deviendrait l'alliée de Cocteau lorsque Raymond serait épris d'une autre jeune femme, Mary Beerbohm. Encore une Britannique ! « Monsieur Bébé » avait des faiblesses pour les Anglo-Saxonnes... Selon Jean Hugo, cette Mary était « très grande, un peu penchée, avec un long visage plein de douceur et peut-être de tristesse ».

En décembre 1921, Béatrice tenterait de se venger ou de se consoler. Elle annoncerait à Radiguet, d'une voix aussi misérable que triomphante : « Je t'ai trompé mardi après-midi pour voir, et comme cela me faisait grand plaisir, j'ai décidé que tu avais tous les torts. » Le caractère singulier de la passion tient souvent à l'étrangeté de ses raisonnements...

À la fin de l'année, la pauvre « Lady » ne manquerait pas d'envoyer ses vœux à Raymond : « Tout mon cœur pour 1922. J'espère que tu t'amuses. Moi, pas trop. »

XVII

Les dangers de l'hiver

Dans son courrier de juin 1921, Radiguet trouva une lettre d'André Malraux et, dans son courrier de juillet, une missive de Max Jacob. Le premier souhaitait le rencontrer au bar de l'hôtel *Lutétia*, à n'importe quelle heure, « sauf le mercredi et le dimanche ». Le second dépeignait à Raymond l'existence qu'il menait à présent, car le cher Max s'était « retiré » à l'abbaye de Saint-Benoît-sur-Loire. Il vivait dans le silence, le recueillement, la pénitence, parmi des géraniums. « De six heures du matin à dix heures du soir », il partageait son temps entre l'écriture et la prière, les promenades et les conciliabules.

Évidemment, le contraste s'accusait avec les dissipations et les impatiences de la vie parisienne. « Il vient tous les jours ici des curés d'Orléans et des environs, disait Max. Ces gens-là sont charmants : ils sont instruits, doux et polis. On connaît d'avance leurs opinions sur toutes les questions, de sorte que la moindre petite originalité prend une importance formidable. (...) Les prêtres savent le latin, exècrent Zola et se demandent si Tolstoï est permis. » Néanmoins, c'étaient surtout les servantes de ces messieurs qui retenaient l'attention de Max : « Elles ont beaucoup plus l'air de duchesses que les dames que nous connaissons sous ce titre et qui croient que le comble du chic est d'avoir l'air d'une Anglaise pauvre, c'est-à-dire protestante. » Quelle histoire et quel mystère, les bonnes de curé !

Très loin de Saint-Benoît-sur-Loire, dans la fumée du bar *Gaya*, juste avant la fermeture estivale, Maurice Sachs avait reçu les confidences d'une jeune femme qui s'appelait Bronja Perlmutter et qui allait être bientôt la (dernière) maîtresse de Radiguet. « Vois-tu, disait-elle, je n'ai pas de ligne de vie, je ne vivrai pas, je mourrai à vingt ans. » Pourtant, elle épouserait René Clair et ferait un long séjour sur la planète. Faut-il douter de la chiromancie ?

En ce début d'été, la France était maussade, car, à Jersey City, Georges Carpentier avait perdu le championnat du monde contre Jack Dempsey. La France était veuve de ses espérances et de ses enthousiasmes. C'est où, Jersey City ?

Les Parisiennes allaient prendre le frais à

Bagatelle et grignoter des tartes aux fraises. Pour se montrer à Chantilly, elles s'habillaient de « robes longues » et de « fourrures légères ». Raymond Radiguet et Jean Cocteau partirent en Auvergne, pour se rafraîchir l'âme et réviser leur géographie départementale. Vous connaissez Besse-en-Chandesse, chef-lieu de canton du Puy-de-Dôme, à mille cinquante mètres d'altitude, avec son ancienne collégiale et ses maisons de la Renaissance ?

Hélas ! il pleuvait presque tout le temps. Pendant les éclaircies, on se promenait en calèche et l'on faisait revivre Musset et son entourage. Cocteau tenait le rôle d'Alfred, et Georges Auric celui de George Sand. Raymond se transformait en « laquais hindou », avec le turban naturellement. L'Auvergne découvrait le spectacle avec ce mélange de réprobation et d'incrédulité qui est la sauvegarde de la province.

En août, Radiguet et Cocteau retrouvèrent le bassin d'Arcachon et l'hôtel *Chantecler*. L'un écrivait *Le Diable au corps*, l'autre *Le Secret professionnel.* Cependant, le jeune homme se remettait à ses devoirs de vacances avec la mauvaise grâce des lycéens qui rachètent l'oisiveté et la distraction de leurs hivers. Et Jean Cocteau devait « l'enfermer dans sa chambre, pour l'obliger à finir un chapitre » sur ses cahiers d'écolier. Raymond « se sauvait par la fenêtre », mais il était désolé quand il avait commis une faute de syntaxe.

Les deux amis rentrèrent à Paris, pour les débuts de l'automne. Max écrivit, de son monastère, qu'« une dame américaine », très « pieuse » et très « catholique », s'était entichée des poèmes de Raymond. Pour celui-ci, la poésie n'avait été qu'une sorte de dérivatif. Il avait pratiqué ce genre littéraire comme d'autres font de la course à pied, de l'escrime ou de la boxe française. Un après-midi de novembre, il expliqua à Maurice Martin du Gard qu'il avait « trop d'images » dans la tête et qu'il « s'en débarrassait en s'amusant », car il n'en voulait pas « dans la prose ».

En se promenant avec Radiguet, Martin du Gard fut étonné par son « petit air dominateur » et par « cette myopie qui lui faisait un charme d'autre monde, pour adoucir ce qu'il avait facilement d'un peu âpre et de têtu ».

De temps à autre, le jeune homme grimaçait pour éviter de perdre son monocle. Il parlait de « l'œil de chat » de La Fontaine et de la « manière » de Jean Giraudoux que l'on pouvait « attraper très vite » comme « une petite maladie très agréable ». Mais, naturellement, c'était Mme de La Fayette qu'il préférait, « cette grande amie, si polie avec les sentiments »... Et Radiguet récitait des passages de *La Princesse de Clèves*, en descendant l'avenue des Champs-Élysées avec Maurice Martin du Gard, alors que la tiédeur de l'air faisait croire à une journée de printemps.

L'endroit à la mode, en novembre 1921, c'était le palais de justice de Versailles. Les Parisiennes se pressaient dans la salle d'audience où se déroulait le procès de Landru. Elles voulaient voir la tête du séducteur assassin. Le dévisager à leur aise et croiser peut-être son regard... Il paraît que certaines versèrent des larmes le jour de sa condamnation à mort. L'espèce humaine est déconcertante, comme l'affirme la gardienne de mon immeuble, dans le 18e arrondissement. Et quelle idée de se prénommer Désiré ! Quelle insolence !

Raymond s'enivrait presque toutes les nuits, au *Gaya* ou dans quelque autre bar. « L'hiver était atroce, raconterait Cocteau. Dettes, alcool, insomnies, piles de linge sale et fuite d'hôtel en hôtel, de chambre du crime en chambre du crime, composaient le principe de sa métamorphose. » Entendez la fatalité qui conduirait Radiguet à mourir le 12 décembre 1923, dans la clinique de la rue Piccini. « Je voulais le détourner de sa vocation de mort », dirait aussi Cocteau. Mais, « croyant le plomber en lui soutirant des livres, je le délestais. À chaque livre, je le voyais prendre le large, s'enfoncer, rejoindre un mystère où il avait visiblement rendez-vous ».

L'année 1921 se termina par un bal chez les Beaumont. Marcel Proust devait venir. Il se faisait attendre. Céleste avait téléphoné plusieurs fois. Elle s'inquiétait des « courants d'air » et voulait savoir si l'on avait préparé de la tisane d'après la recette qu'elle avait elle-même prescrite. Lorsqu'il apparut à minuit, dans le salon de la rue Masseran, Proust fut reçu comme une sorte de « souverain ». Ce fut une de ses dernières sorties dans le grand monde.

XVIII

Les bleus de l'âme et de l'aube

« Quelle année folle nous avons vécue! », s'exclamerait Maurice Sachs. Pourtant, l'année 1922 serait encore plus trépidante ou frémissante. Louis Moysès déménagea son bar de la rue Duphot à la rue Boissy-d'Anglas. Ce n'était pas très loin. Reprenant l'enseigne de Jean Cocteau, le nouvel établissement s'appela *Le Bœuf sur le toit.* Il fut inauguré le 10 janvier, avec la princesse Murat, Gabrielle Chanel, les Beaumont, Erik Satie, Serge de Diaghilev, Igor Stravinski, les Fratellini, Pablo Picasso, la comtesse Anna de Noailles, Georges Simenon, Mary Beerbohm et beaucoup d'autres ambassadeurs de ce Paris noctambule qui réunissait les arts, les lettres, le monde et le demi-monde.

Le sculpteur Constantin Brancusi s'ennuyait pendant la fête. Il proposa à Raymond d'aller dans un autre endroit. Ils s'esquivèrent, sans prévenir Cocteau ni personne, et soupèrent à Montparnasse. « Monsieur Bébé » était le spécialiste des disparitions... À l'aube, en smoking, les deux fugitifs décidèrent de descendre vers le Sud. Ils passèrent par Quimper ou Nantes pour se rendre à Marseille. Après avoir traîné dans les bouges du Vieux-Port, ils firent un tour à Nice et s'embarquèrent pour la Corse. Jean Hugo raconte l'escapade. D'après lui, Radiguet et Brancusi furent étonnés par la beauté sévère de l'île et par toutes ces femmes vêtues de noir.

Ils rentrèrent à Paris, le 21 janvier, pour le dîner du samedi chez *Delmas*. Raymond fut accueilli très froidement par Jean Cocteau... Malgré les fugues, les belles étrangères et le whisky, *Le Diable au corps* était presque achevé. Le 30 janvier, Misia Sert, Pablo Picasso et les Beaumont furent invités chez les Hugo, rue de Montpensier, pour entendre la lecture du roman. Derrière son monocle, Radiguet s'aperçut que la comtesse de Beaumont s'était endormie. Mais il en voulut moins à Édith qu'à son mari. Allez comprendre les sentiments humains !

Les Feuilles libres publièrent un extrait du *Diable,* qui ne s'appelait pas encore ainsi, car Raymond pensait à plusieurs autres titres, notamment « Emmanuel ou le cœur vert », « La Tête et le Cœur », « La Tête la première », « L'Éducation du cœur », « Le Petit Jour », « Les Yeux secs » et « Le Blé en herbe », comme le roman de Colette, qui paraîtrait en juillet 1923... Parcourant *Les Feuilles libres*, Maurice Sachs se félicita de l'audace de ce jeune homme qui ne redoutait pas d'écrire : « Je n'avais jamais déshabillé de femmes; j'avais plutôt été déshabillé par elles. »

En février 1922, Raymond prit une chambre à l'*Hôtel de la Madeleine*, rue de Surène. C'était commode. Cela se trouvait à deux pas de la rue d'Anjou et de la rue Boissy-d'Anglas. Il fallait cinq minutes à peine pour être au *Bœuf sur le toit*. Et Radiguet y retournait presque tous les soirs. Le pianiste Clément Doucet jouait *Hallelujah, Constantinople* ou *The Man I Love* en lisant un roman policier. « Nos vies, dit Maurice Sachs, se grisaient de toute cette mélancolie (...). C'est avec elle qu'on trompait le malheur qui n'aime pas quitter l'homme tout à fait; on ne pouvait s'arracher ni de cette euphorie de douleurs légères, ni du cyclone de plaisirs qui dansait sur la ville. » Et quand on rentrait se coucher, les bleus de l'âme se confondaient avec les bleus de l'aube.

Selon Jean Hugo, *Le Bœuf* était « le carrefour des destinées ». D'après Léon-Paul Fargue, on y rencontrait, en effet, des « esthètes anglais », des « sculpteurs monténégrins » et de « belles snobs aux cuisses si douces ». « Le Tout-Paris, qui ne peut tenir en place (...) et change dix fois de crémerie dans la soirée pour fuir quelque chose qu'il ne fuira jamais, faisait régulièrement irruption au *Bœuf* et n'en bougeait plus. On voyait là le Bottin Mondain, le Sport, l'Annuaire des Artistes, la Banque, le Chantage qui se faisaient risette. (...) Marcel Proust s'y risquait souvent, amusé et gentil. »

De son côté, Maurice Sachs affirme que Proust « ne vint jamais au *Bœuf* » et qu'il rêvait d'être « assez bien portant » pour s'y rendre au moins une fois. Qui croire de L.-P.F. ou de Sachs ? En 1923, après la publication du *Diable au corps*, Alice elle-même ferait une apparition rue Boissy-d'Anglas, avec des airs de revenante. Elle viendrait réclamer l'argent qu'elle avait « prêté jadis » à Radiguet. Les arriérés de la passion.

XIX

Une copie de cancre

Pour le bal costumé que donnèrent les Beaumont, le 27 février 1922, Jean Hugo se déguisa en jeu de billard, Valentine en manège de foire, et Raymond en tir forain. Drôles d'idées, mais c'était le temps des bizarreries. L'imagination redevenait chaque soir *la folle du logis*. Moins fantasques, Darius Milhaud, Francis Poulenc et Georges Auric arrivèrent en tenue de football... Dès la fin de 1921, des personnages avaient commencé de naître dans l'esprit de Radiguet. C'étaient les fantômes du comte Anne d'Orgel, de Mahaut (la comtesse) et de François de Séryeuse. Le bal du comte de Beaumont confirma cette naissance. Comment se dessinent ou s'ébauchent les romans ? Il faudrait savoir ce qui a déclenché *Les Liaisons dangereuses, Le Lys dans la vallée, Jules et Jim* ou *Les Enfants tristes*.

Prenant Étienne de Beaumont pour modèle, Raymond écrirait qu'Anne d'Orgel avait retrouvé « la passion la plus profonde des hommes de sa classe, à travers les siècles : celle du déguisement ». C'est aussi, d'une autre manière, la passion des romanciers... Dans les soirées de la rue Masseran, Paul Morand passait pour l'un des plus frivoles, et personne n'avait le mauvais goût de le désapprouver. On jugeait ce « défaut bien reposant, après des années d'horreur et de sérieux ». Lorsque Morand s'éprenait de telle ou telle femme, il était prêt à « dépenser » tous les avenirs, comme dit le cher Balzac, dans *Le Lys*, précisément.

Le 3 mars, Radiguet avait rendez-vous avec Bernard Grasset. Jean Cocteau l'accompagna rue des Saints-Pères et fit une lecture du *Diable* chez l'éditeur. Durant toute l'entrevue, Raymond resta silencieux comme à l'accoutumée. Il « faisait figure de grand garçon présenté au proviseur ». Très enthousiaste, Grasset décida de retenir le manuscrit et de verser à Radiguet une avance de mille cinq cents francs par mois. Cependant, l'éditeur jugea que *Le Diable* n'était pas terminé. « Monsieur Bébé » devait travailler encore et trouver une conclusion.

Le jeune homme écouta cela distraitement. Il partit néanmoins pour Fontainebleau, dans le but de se remettre à l'ouvrage. Mais il passa son temps à folâtrer avec Mary Beerbohm et rendit une copie de cancre. Aussi, Cocteau l'emmena à Chantilly, le mois suivant, et l'enferma encore dans une chambre d'hôtel, pour le forcer à écrire.

Pendant que *Le Diable* pérégrinait en Île-de-France, Antoine Blondin débarqua sur cette planète, le 11 avril 1922, au numéro 33 du quai Voltaire. M. Raymond Poincaré était président du Conseil. L'Allemagne était menacée de faillite. Jean Giraudoux écrivait *Siegfried et le Limousin* sur les bords du lac d'Annecy. Paul Morand publiait *Ouvert la nuit*, que l'on déconseillait aux demoiselles. Paris dansait le fox-trot, et Marcel Proust vivait son dernier printemps sous le regard inquiet de Céleste Albaret, qui tenait les comptes du temps perdu avec des scrupules de ménagère.

La littérature continuerait d'être, pour certains, la meilleure des écoles buissonnières, mais personne (évidemment) n'imaginait la carrière que ferait Antoine Blondin. Que voulez-vous, les gens manquent de flair, et la voyance ne court pas les rues !

XX

Des crêpes pour l'enterrement

En mai 1922, Raymond partit pour Le Lavandou, avec Jean Cocteau. Dans sa chambre du *Grand-Hôtel*, le jeune homme mena une vie très studieuse, puisqu'il révisait *Le Diable au corps*, en songeant au *Bal du comte d'Orgel*. « Les jours se suivent et se reforment pareils, comme les vagues », disait Cocteau le 9 juin, dans une lettre à la comtesse Anna de Noailles. Le calme était à peine troublé par l'arrivée de quelques amis : Pierre et Jacques de Lacretelle, Joseph Kessel et les Hugo. Radiguet avait écrit à Mme Cocteau qu'il se sentait fort éloigné de « tant de vaines, sinon néfastes, occupations ». Il écoutait les histoires de Christy de La Pallière, « un vieux pêcheur » d'origine aristocratique. Il se promenait, avec son monocle, sur la barque de celui-ci. Et le nom de La Pallière se retrouverait dans *Le Bal*. Jean Cocteau descendait sur la plage, toujours vêtu de son peignoir blanc. Il avait une silhouette de fakir, et Raymond lui vantait les charmes d'André Chénier. Il était midi sans doute. L'existence était silencieuse, et la mer immobile. La planète entière semblait se reposer. Les dieux avaient accordé une trêve à la population du Var et à l'espèce humaine.

C'est dans ce climat que Raymond « mit son chevalet devant *La Princesse de Clèves* » et commença de rédiger *Le Bal du comte d'Orgel*, ou du moins la première version de cette histoire « sous abat-jour ». Début août, on émigra à Pramousquier. Cela se trouvait dans le même département, à quelques kilomètres. On habitait une villa qui se nommait aimablement *Croix-Fleurie*. Jean Cocteau, qui travaillait à deux romans — *Le Grand Écart* et *Thomas l'Imposteur* —, s'étonnait du zèle de « Monsieur Bébé », car le jeune homme ne levait pas le nez de sa copie. Le 15 août, il avait déjà rempli une centaine de pages. C'était probablement l'ombre de la comtesse de La Fayette qui le stimulait. « Ah ! Madame, quel fantôme de devoir opposez-vous à mon bonheur ? », avait demandé M. de Nemours à Mme de Clèves. Et Radiguet avait pensé d'abord intituler son roman « Le Fantôme du devoir », puisqu'il *opposait*, lui aussi, la vertu et la passion, les turbulences de l'âme et le « repos » de celle-ci. « Il n'a rien tenté contre mon repos », disait (ou dirait) la comtesse d'Orgel en parlant de

François de Séryeuse. Naturellement, c'était un mensonge qu'elle commettait pour elle-même autant que pour les autres.

Raymond Radiguet et Jean Cocteau passèrent une partie de l'automne à Pramousquier. Ils s'éternisaient dans cet endroit, car le mois d'octobre était délicieux. Raymond prenait des « résolutions pour l'hiver » et terminait allégrement la première version du *Bal* : quatre cents pages, qu'il allait ensuite recopier, remanier et faire maigrir, en suivant les conseils de Cocteau.

Le 6 novembre, il écrivit à Misia Sert, pour lui annoncer qu'il rentrait, après six mois d'absence. « Ce n'est pas gai, disait-il, d'être atteint comme moi de cette maladie de silence, et de n'oser voir ceux en la compagnie desquels on se plaît le plus, crainte de les ennuyer et de ne prendre du plaisir qu'aux dépens du leur. Pourtant, dès mon retour, je viendrai *égoïstement* vous voir. »

À Paris, Céleste s'affolait parce que Marcel Proust avait pris froid lors d'une soirée chez les Beaumont. Il mourut le 18 novembre, d'une pneumonie, car le destin confirme très souvent les prémonitions des gouvernantes. Radiguet et Cocteau retrouvèrent tout le monde à l'enterrement, le 22 novembre. La littérature rendait la politesse... à la littérature. En France, elle le fait (presque) toujours.

Abandonnant le cortège funèbre, Radiguet voulut s'arrêter au *Bœuf sur le toit*, pour y manger des crêpes. C'était de son âge.

Cet automne-là, Paul Morand fut l'amant (éphémère) de Misia Sert. C'était un de ces amours de quinze jours, dans le goût et le style de la Régence. Paul et Misia allèrent s'aimer à Londres. *Why not ?*

XXI

Quelle étrange demoiselle !

Le 9 janvier 1923, à Fontainebleau, Katherine Mansfield quitta la *garden-party* de l'existence. Elle payait des excès de toutes sortes, même si l'on se demande ce que l'on rembourse lorsqu'on rend l'âme... En février, Raymond retourna à Chantilly, pour mettre la dernière main à la conclusion du *Diable au corps.* Savait-il que ce titre avait été déjà pris par un auteur libertin du XVIIIe siècle, Andréa de Nerciat ? Le 29 mars 1696, faisant l'éloge de Blanchefort, un « aimable garçon » qui venait de mourir, Mme de Sévigné avait écrit que celui-ci n'était « point enivré de sa jeunesse, comme le sont tous les jeunes gens qui semblent avoir le diable au corps ». L'expression revêtit, par la suite, le sens de *passion charnelle.* Pourtant, le roman de Radiguet n'était pas moins « chaste » que *Daphnis et Chloé.* Le scandale était ailleurs. « Les folies que cette nuit-là firent nos âmes, nous fatiguèrent davantage que celles de notre chair », disait le narrateur.

Le 15 février 1923, dans son monastère de Saint-Benoît-sur-Loire, Max Jacob eut des inquiétudes. Il n'avait plus l'adresse de Raymond. Sait-on jamais avec les météores ? Si vous les perdez de vue trop longtemps, ils disparaissent définitivement. Au moins les adresses, c'est rassurant. Cela prouve quelque chose... Cependant, Radiguet n'avait guère le temps de songer à ses vieux amis qui méditaient dans la profondeur des provinces. Vers la fin de l'hiver, peut-être, ou dans les premières semaines du printemps, il rencontra en effet les sœurs Perlmutter, au bal Bullier, avenue de l'Observatoire. Bronja et Tilya étaient d'origine polonaise, mais Raymond les appelait « mes Chinoises ». Bronja — vous savez, la jeune femme qui n'avait pas de ligne de vie — était brune, avec des yeux bridés. Certains trouvaient qu'elle avait l'air modeste d'« une suivante de Racine », et Jean Hugo déclarait qu'elle ressemblait à « la Vénus de Cranach ». Radiguet tomba tout de suite amoureux de Bronja. « La fille modèle », écrivit-il... Vous pensez s'il avait le loisir de calmer les inquiétudes de Max !

Et puis il était sollicité par le lancement du *Diable au corps*, lequel fit l'objet d'une campagne publicitaire *moderne*. C'était la première fois que l'on utilisait pour une œuvre littéraire les « méthodes » employées pour les dentifrices ou les savons. Certaines personnes furent choquées par l'énorme battage et la *réclame* qui se faisaient partout — au cinéma, sur les affiches et dans les journaux —, mais elles le furent encore davantage après la lecture du roman.

Le Diable au corps parut le 10 mars 1923. L'histoire de Marthe et du jeune homme avait un caractère scandaleux, malgré la transparence du style. Car le héros couchait avec une jeune femme dont le mari *faisait la guerre.* Selon Paul Morand, « cette peinture effrontée de grandes vacances au milieu des croix de bois » semblait « une atteinte au moral de l'État ». Mais il pensait que « la forme faisait passer le fond ». Pas sûr... La tenue, l'élégance et la perfection du style avaient le plus souvent l'effet contraire. Elles amenaient à ressentir davantage l'immoralisme du sujet. Rien de pire que l'audace tranquille et la cruauté masquée...

Marthe mourait à la fin du livre, et le narrateur « souhaitait qu'il n'y eût rien après la mort », ne pouvant tolérer que sa maîtresse prît part à « une fête » où lui-même ne se trouverait pas. Il désirait « le néant » pour Marthe. Et la France s'interrogea sur les (étranges) sentiments de Raymond Radiguet, tandis que celui-ci fumait (pour se distraire) les cigares que Morand avait rapportés de Berlin.

« Monsieur Bébé » *s'expliquait* dans un article que *Les Nouvelles littéraires* avaient publié dès le 10 mars, pour accompagner en quelque sorte la parution du *Diable* : « C'est une vérité, et point négligeable, que pour écrire il faut avoir vécu. Mais ce que je voudrais savoir, c'est à quel âge on a le droit de dire : *j'ai vécu.* (...) Quoi qu'il en soit, il ne me semble pas trop impertinent de revendiquer le droit d'utiliser ses souvenirs des premières années, avant que soient arrivées nos dernières. Non que nous condamnions le charme puissant qu'il y a à parler de l'aurore, au soir d'un beau jour, mais, si différent qu'il soit, l'intérêt n'est pas moindre d'en parler sans attendre qu'il fasse nuit. Je croyais, d'ailleurs, que, pendant la guerre, la jeunesse avait repris un peu de son prestige perdu. N'en serait-il rien ? C'est (...) bien du mépris pour les jeunes gens que de s'étonner parce que l'un d'eux écrit un roman. »

Raymond ajoutait que *Le Diable au corps* n'était pas « une confession », même si tout le monde le croyait. Les romans, disait-il, « exigent un relief qui se trouve rarement dans la vie ». Dès lors, « il est naturel que ce soit une fausse autobiographie qui semble la plus vraie ». L'ancien joueur de belote connaissait l'art de brouiller les cartes...

Il avait rédigé ce texte dans les bureaux des *Nouvelles littéraires*, rue de Milan, sous l'œil de Maurice Martin du Gard. Celui-ci avait été fasciné par la manière dont travaillait Radiguet. L'application de ce grand paresseux, et le souci qu'il avait de polir toutes ses phrases. Ce jour-là, Emmanuel Berl avait téléphoné pour évoquer ses *Recherches sur la nature de l'amour*. Raymond Radiguet et René Crevel s'étaient croisés sans échanger un seul mot. Rencontre de météores...

Pendant ce mois de mars 1923, Misia Sert reçut le beau monde à l'hôtel *Meurice*, pour célébrer la sortie du *Diable* et faire briller les soirées, les années, l'existence. C'est là, sans doute, que Raymond fit la connaissance de Bolette Natanson, la fille de Misia. Quel drôle de prénom, n'est-ce pas, et quelle étrange demoiselle ! Selon Jean Hugo, ni « la douceur de son caractère » ni « ses yeux rieurs » ne trahissaient « le désespoir qui l'habitait ». Elle devint une confidente de Radiguet et le renseigna sur la psychologie des *autres* femmes. Car Bolette avait elle-même une âme et des mœurs très particulières : elle essayait de mourir en mangeant des ampoules électriques.

XXII

Une mort annoncée

Ni les mondanités de Misia ni les explications de Raymond n'apaisèrent les esprits. Car *Le Diable* discréditait l'imagerie vertueuse des épouses de soldats et commettait une double trahison : ce n'était pas seulement Jacques, le mari, que l'on trompait ; c'étaient la nation et l'armée françaises. Rien de moins... Que dire, en effet, de ces amants illégitimes qui se réjouissaient lorsque le mari était privé de permission ? Et puis il y avait cette façon de traverser paresseusement les quatre années de guerre comme des grandes vacances... Tout cela sans le moindre remords. Avec une sorte de franchise négligente qui se donnait toutes les apparences du cynisme.

Radiguet eut le toupet d'envoyer son livre à Roland Dorgelès. « La guerre vue de l'autre côté », disait-il dans sa dédicace. *Le Diable* était certes le contraire ou l'antithèse des *Croix de bois*. Et Dorgelès reprocherait à Raymond de « manquer de cœur ». À chacun sa philosophie des sentiments...

Le 23 mars, dans *Paris-Journal*, Louis Aragon s'étonna du bruit que provoquait le livre de Radiguet. « Il paraît tous les jours des romans comme celui-ci », déclara l'auteur d'*Anicet ou le Panorama*. Quel printemps pour la littérature française ! Raymond reçut tout de même les compliments de Paul Valéry : « Votre livre m'a plu nécessairement par sa netteté, sa marche directe et décidée, et par ce dessin suffisant et comme *fermé*, qui donne ce qu'il faut de vérité à vos moindres personnages. » Les rumeurs, les polémiques, « la tourmente » laissèrent le jeune homme « indifférent ». comme le rapporte Georges Auric. Il se préoccupait seulement des rares « faiblesses de syntaxe » qu'il n'avait pas corrigées. Mais le petit Raymond obtint le prix d'excellence, puisque *Le Diable* fut un grand succès de librairie. La jeunesse de 1923 se reconnaissait dans cette passion des bords de Marne.

En avril, Radiguet et Cocteau partirent pour Londres et firent une visite à Reginald, dans sa maison du Middlesex. Vous savez, Reginald Bridgeman, l'ancien attaché d'ambassade... Pour le voyage, Valentine Hugo avait prêté sa valise de cuir à Radiguet. Il la remercia, le 16 avril, dans une lettre : « On arrive à tout, même en Angleterre, malgré ce que cette entreprise offrait de périlleux pour d'aussi mauvais voyageurs que Jean et moi. La valise m'a été précieuse. Pourtant, je vous la rapporterai ! Bridgeman est plus délicieux que jamais, et sa maison est charmante. Avant-hier, nous sommes allés à Oxford, ce paradis sans Èves. Quelle ville admirable ! Je vois une fois de plus que ce qu'on appelle les mensonges poétiques sont les seules choses vraies. (...) Nous revenons à la fin de cette semaine, très anglais : tout votre gin y passera ! »

Au retour, la « grande vie »... Du moins ce que l'on nomme ainsi lorsqu'on a mené auparavant une existence précaire. Devenu riche, Raymond traversa la Seine. Il faut bien que des mouvements géographiques confirment les changements de condition. Avec Bronja (sans doute), le jeune homme s'installa rue de Tournon, sur la rive gauche, à l'hôtel-restaurant *Foyot*, où Rainer Maria Rilke avait séjourné. Cet établissement portait le nom d'un ancien cuisinier de Louis-Philippe, qui s'était mis à son compte, après la révolution de 1848. Malgré le passage des années, l'endroit conservait sa (bonne) réputation gastronomique. Le petit Raymond brûlait son argent comme le reste. Il s'offrait des dîners à cent cinquante-neuf francs, accompagnés de champagne et de Chambertin 1898. Il menait son existence « à grandes guides », comme auraient dit les gens raisonnables avant la guerre. C'est étonnant le nombre de choses que l'on disait avant les conflits, et que l'on ne dit plus ensuite...

Les Hugo avaient déménagé. Ils étaient passés de la rue de Montpensier à la rue Chateaubriand, derrière les Champs-Élysées. Le 21, le 25 et le 30 avril, dans le nouvel appartement de Jean et de Valentine, on improvisa des « séances de spiritisme autour d'un peut guéridon noir à fleurs peintes ». Il y avait Auric, Radiguet et Cocteau. Morand participa seulement à la soirée du 25. Trois séances pour la chronique d'une mort annoncée... Car la table fit savoir que Radiguet ne vivrait pas très vieux. Elle affirmait que les fantômes « voulaient sa jeunesse ».

Les Hugo et leurs amis cessèrent ensuite de faire parler le petit guéridon noir. Et chacun s'efforça d'oublier le malaise qu'il avait ressenti. Rue Chateaubriand, les peupliers du jardin voisin s'étaient couverts de « feuilles tremblantes ». Le printemps revenait malgré les fantômes.

XXIII

Des rêves de jardin public

Vidant je ne sais quelle querelle avec le petit Raymond, les surréalistes firent paraître cette annonce dans la revue *Littérature*, en mai 1923 : « Le plus mauvais livre de l'année, c'est *Le Diable au corps*; le meilleur, c'est *Sur le fleuve Amour* par Joseph Delteil. » Le 15 mai, cela n'empêcha pas Radiguet d'obtenir le *Prix du Nouveau Monde*, doté de sept mille francs par une « riche Américaine » de Washington, qui avait des faiblesses pour les romans français. Le critique littéraire Bernard Faÿ était allé sur les bords du Potomac, pour rencontrer cette dame. Le jury comprenait Paul Morand, Jean Giraudoux, Valery Larbaud, Jean Cocteau, Max Jacob, Jacques de Lacretelle et Bernard Faÿ lui-même. Les voix de Morand, de Giraudoux et de Larbaud se portèrent sur *Le Bon Apôtre* de Philippe Soupault. Les autres (c'est-à-dire la majorité) choisirent *Le Diable au corps*. Dès qu'il apprit le résultat, « Monsieur Bébé » se rendit au *Bœuf sur le toit*, pour fêter son succès. Il y trouva Pierre Drieu La Rochelle, qui fumait distraitement, cherchant le moyen de tromper sa solitude.

Max Jacob avait voté par correspondance, dans son monastère. Mais il avait hésité, car le livre de Raymond lui avait posé des problèmes de conscience. En favorisant la carrière de cet ouvrage, il avait eu peur de fâcher l'Église et de perdre la place qui lui était promise dans les « tribunes du paradis ». Radiguet écrivit à Max pour le remercier de son vote : « Tu as été mon maître. Et tu l'es toujours. Pardonne-moi si depuis longtemps je n'ai donné signe de vie, mais tu connais mieux que personne le démon de Paris... » Dans sa réponse, Max félicita le jeune homme : « C'est une merveille qu'à ton âge, on ait écrit du Laclos sans s'en douter. » Cependant, le retraité de Saint-Benoît-sur-Loire souhaitait que le prochain roman de Raymond fût « moins cruel » et « plus chaste ». Il terminait sa lettre par une prière : « Soyons longtemps parmi les vivants. » Avait-il des prémonitions ?

Le 30 mai, les Beaumont donnèrent encore un bal masqué. Sans doute espéraient-ils conjurer le passage du temps. Ils pensaient que les déguisements étaient la meilleure méthode. Le thème de la soirée, ce fut le Grand Siècle et la « mythologie de Louis XIV ».

Marie Laurencin se présenta en « malade imaginaire », accompagnée de « Monsieur Bébé » qui portait une perruque et s'était peinturluré le visage pour faire croire qu'il avait la rougeole.

Le 18 juin, Radiguet célébra ses vingt ans. Devinait-il que cet anniversaire serait le dernier ? Il avait mauvaise mine, et ses grimaces habituelles ressemblaient à des grimaces d'amertume. Ce n'était pas étonnant avec son genre de vie : les nuits blanches, le whisky, le gin et (sans doute) l'opium, que l'on apprenait à fumer au *Bœuf sur le toit*, avec une aventurière venue de Shanghai. Le 30 juin, Raymond s'endormit au parc Montsouris. Il fit des rêves de jardin public. Ce ne sont pas les mêmes que les rêves des bords de rivière ou des bords de mer... Après avoir dîné avec ses amis, le jeune homme était parti se promener dans le parc, pour se familiariser peut-être avec les silhouettes nocturnes des arbres. On le retrouva seulement « à une heure du matin », se rappelle Jean Hugo.

Le petit Raymond souffrait de surmenage. Il était fatigué par la littérature, la célébrité et les *excès de toutes sortes*. Fatigué d'avoir traversé si rapidement ce que les autres mettent quarante ou cinquante ans à vivre... La saison parisienne se termina chez Darius Milhaud, le 5 juillet. Pour inaugurer son appartement, boulevard de Clichy, le compositeur avait fait venir un oiseleur. Il y avait Misia Sert, Erik Satie, Serge de Diaghilev, Igor Stravinski, Arthur Honegger, Francis Poulenc, Georges Auric, Marie Laurencin, Constantin Brancusi, Blaise Cendrars, Paul Morand et Jean Cocteau. L'escorte de Radiguet, en quelque sorte. Des visages emportés dans le tourbillon de l'existence, qui voulaient savoir comment on apprivoise les oiseaux, les sons, les couleurs et les mots...

XXIV

Le jeu des devinettes

C'est encore loin le bout du monde ? Est-ce la Patagonie, le cap Horn, les îles Galapagos, l'île de Sainte-Hélène ou Adélaïde, cette ville australe qui porte le prénom le plus désuet des anciennes demoiselles de la province française ?

Pour Raymond Radiguet et Jean Cocteau, le bout du monde, c'était Piquey, sur le bassin d'Arcachon. Même s'il faisait partie du continent, l'endroit avait tous les charmes d'une île, car on ne pouvait y accéder qu'en bateau... Les deux amis partirent pour le Sud-Ouest, peu après la soirée chez Darius Milhaud. Ils retournèrent chez Mme Dourthe, à l'hôtel *Chantecler* — cette « maison de planches » qui se trouvait au bord de la plage. La littérature française prenait congé des *années folles* pour s'établir en face des *Bird Island* de la planète. Ce fut une sorte de répit, d'armistice ou d'entracte. Il arrive que le destin laisse respirer les gens et leur concède, une dernière fois, le droit à l'insouciance avant de les offrir au malheur.

Radiguet avait repris son visage d'élève studieux. Il rédigeait une troisième version du *Bal.* Il savait qu'il n'aurait plus le temps de se disperser. Georges Auric devait venir avec une machine à écrire. « Je l'attends comme le messie », disait Raymond dans une lettre à son père.

Auric débarqua non seulement avec sa machine, mais... avec son piano, qui fut transporté sur une pinasse. Bolette Natanson vint elle aussi. Et les Hugo arrivèrent le 25 juillet, pour occuper la dernière chambre du *Chantecler.* Il pleuvait souvent à Piquey, et l'été se montrait maussade, mais les embellies du soir ravissaient tous les clients de Mme Dourthe. Car la mer, le sable et le ciel « étaient du même rose », comme le raconte Jean Hugo.

Les amis firent en barque le tour de l'île aux Oiseaux, pour rajeunir les rêves de chacun. Sur la terrasse de l'hôtel, Bolette chantait « à tue-tête », pendant que Radiguet dictait *Le Bal* à Georges Auric. La jeune femme chantait pour s'étourdir et empêcher, peut-être, le passage des choses. Bolette Natanson ne savait comment retenir les dimanches de la vie.

Même s'il confondait quelquefois les touches de sa machine à écrire avec celles de son piano, Auric tapait très lentement le texte de Raymond. Dans *Le Passé défini*, Cocteau se rappellerait que le compositeur « faisait une grimace et répétait : *Charmant... Charmant...* », toutes les fois qu'il « croyait se reconnaître » dans le roman, tandis que Radiguet « roulait des cigarettes » et « se tordait de rire sous un énorme chapeau de paille ».

Le 30 juillet 1923, alors qu'il se baignait dans le bassin d'Arcachon, le jeune homme fut entraîné par le courant et manqua de se noyer. Il arrive que le destin donne des avertissements, comme les conseils de discipline ou les arbitres de football...

En même temps qu'il récrivait *Le Bal du comte d'Orgel*, Raymond prenait des notes pour une « vie romancée » du prince-poète Charles d'Orléans. Le 16 août, il commença également de tenir son journal, parce que celui de Jean Hugo le rendait « jaloux ». Mais il abandonna très vite ce genre littéraire, qu'il avait *essayé* par une sorte de caprice. Et le 18 août, Radiguet nota, pour terminer, qu'il était allé chez le coiffeur à Arcachon, que c'était une « ville abominable » sous la pluie, qu'il s'était fait « couper l'oreille droite », qu'il n'aimait pas la poésie de Jean Moréas et qu'il avait reçu une lettre de Bronja...

Par la suite, Jean Cocteau raconterait que c'était un pêcheur qui avait « rasé la tête » de

Raymond et l'avait blessé avec « une coquille d'huître ». Comment savoir ? Est-ce que les biographes sont forcés de tenir ou d'avoir tenu la chandelle ?

À propos de Moréas, « Monsieur Bébé » piqua une terrible colère, parce que Cocteau lisait *Les Stances* et disait que « ce n'était pas si mal ». « Arrachant le livre » des mains de son ami, Radiguet alla le jeter à la mer, « avec une figure de meurtrier inoubliable ».

La troisième version du *Bal* était presque achevée à la fin du mois d'août, et Raymond fit une lecture du manuscrit chez Mme Dourthe. Le jeu des devinettes commençait. Qui était qui ? Valentine Hugo retrouvait ses traits dans ceux de la comtesse d'Orgel. Mais d'autres verraient dans Mahaut la réplique d'Édith de Beaumont. Tout le monde chuchoterait que Paul Robin, le jeune diplomate ambitieux, était le double de Paul Morand, malgré la férocité du portrait. Et Raymond lui-même préciserait que le comte d'Orgel était le reflet d'Étienne de Beaumont « en beaucoup mieux », comme si les personnages du *Bal* avaient une vocation de sosies... L'existence de ce météore — je veux dire Radiguet — semblait si improbable que ses contemporains demandèrent à ses romans des garanties biographiques.

En septembre, il révisa et remania *Le Bal*

encore une fois, avec l'aide de Jean Cocteau. Sans doute pensait-il apporter à son livre les dernières retouches. Pourtant, l'histoire de ce manuscrit n'était pas terminée. Après la disparition du jeune homme, Cocteau reprendrait, en effet, le texte pour le polir et le resserrer. Il ferait, en quelque sorte, la *toilette du mort* avec le concours de Joseph Kessel — ce qui entraînerait de vaines polémiques sur la paternité de l'œuvre, car ni l'esprit ni la manière du petit Raymond ne furent trahis[1].

1. *Le Bal du comte d'Orgel* parut en juillet 1924, chez Bernard Grasset, sept mois après la mort de l'auteur.

XXV

Secret professionnel

« Roman où c'est la psychologie qui est romanesque. (...) Roman d'amour chaste aussi scabreux que le roman le moins chaste », avait écrit Radiguet à propos du *Bal*... Il ne se privait pas d'y marier les contraires. Par exemple, les troubles du sentiment et les rigueurs de la syntaxe. À l'époque, la littérature française se dévergondait ou se dissipait. Et le désordre était à la mode. Raymond Radiguet dépeignait celui des passions, mais il réprouvait celui du discours. Il détestait le débraillé. Son ambition, c'était une élégance si discrète qu'elle aurait presque « l'air mal habillée ».

Le charme, c'est le secret professionnel des écrivains. Ils se retranchent derrière quand la police des lettres les interroge sur leur style, leurs recettes, leur emploi du temps et leurs relations avec la météorologie. « Les manœuvres inconscientes d'une âme pure sont encore plus singulières que les combinaisons du vice », affirmait Radiguet dans le prologue du *Bal*. Voilà sûrement de quoi dérouter toutes les polices, celle des lettres comme celle des mœurs... Car l'audace était *à l'intérieur*, à peine visible. Elle se dissimulait sous ce *naturel* qui est, en quelque sorte, la griffe du classicisme. Raymond se méfiait de la nouveauté. Il préférait, comme l'a dit Jean Cocteau, « rendre leur jeunesse aux vieilles formules ».

« Les mouvements d'un cœur comme celui de la comtesse d'Orgel sont-ils surannés? », se demandait le romancier du *Bal*, pour illustrer (une fois encore) l'art des commencements. Pris à témoin, le lecteur répondrait à la fin du livre, mais, dès cette première phrase, on respirait le climat d'une époque où « la politesse du cœur et de l'âme » avait su recouvrir la violence des passions.

François de Séryeuse, l'émissaire ou le double de Raymond (qui s'était anobli pour la circonstance), rencontrait la comtesse Mahaut et le comte Anne d'Orgel au cirque *Médrano*, dans la loge des Fratellini. Les deux hommes devenaient amis tout de suite. Quant à Mme d'Orgel, François « la trouvait belle, méprisante et distraite ». Pourtant, quelque chose entre eux allait naître, qui serait nommé tardivement et ne susciterait, le plus souvent, que des allusions furtives. Comme si les sentiments étaient des voleurs...

Mahaut avait une particularité : lorsqu'elle se regardait dans un miroir, elle lisait l'heure sur son propre visage. Après tout, il n'y a pas que les années qui *s'accusent*. Les heures également... Anne, Mahaut et François avaient d'étranges conversations. Le comte applaudissait à tout ce que disait son nouvel ami et le répétait à son épouse « comme s'il eût traduit une langue étrangère ».

Un jour, Mahaut et François « parlèrent de la campagne ». Et le comte d'Orgel « goûta leur dialogue » pour la seule « musique » des mots, car la nature laissait indifférent cet habitué des salons. Mais il commença de regarder sa femme sous une autre lumière, « comme si elle eût été la femme d'un autre ». Des sentiments rôdaient, que personne ne voulait ni ne savait démêler. Et Radiguet les tirait au clair, « dans le dos de ses personnages » : si le comte d'Orgel s'était mis (ou remis) à désirer Mahaut et s'il avait de l'affection pour François, c'était parce que François aimait secrètement la jeune femme. En effet, les frémissements du second éveillaient (ou ranimaient) les appétits du premier. Et puis « nous sommes attirés par qui nous flatte (...). Or François admirait le comte. Son admiration allait avant tout à l'homme capable d'être aimé d'une Mahaut. En retour, Orgel éprouvait sans le savoir, pour François, un peu de cette reconnaissance que l'on éprouve envers qui nous porte envie ». Quant à Mahaut, elle jugeait que c'était « son devoir conjugal » de « partager les préférences de son époux ».

Jeux de miroir et attractions magnétiques... C'était la version 1923 de *Jules et Jim*, sous le patronage de Mme de La Fayette. On y montrait combien l'amour était « d'une étude délicate ». Dans ce roman très oisif, où l'on revenait déjeuner sur les bords de la Marne, rien ne se passait, excepté l'histoire de ce bras que M. de Séryeuse glissait, un moment, sous le bras de Mme d'Orgel — de même que Julien Sorel avait saisi la main de Mme de Rênal... Cependant, les pâleurs de François et les émois de Mahaut — le « vague » dans lequel se trouvait la comtesse — valaient sans doute les pires trahisons.

Même si rien ne s'accomplissait, même si tout restait à l'état de rêverie (comme, jadis, entre la princesse de Clèves et le duc de Nemours), le roman laissait apercevoir la mystérieuse débauche des âmes sous la décence des gestes et la pudeur des mots.

Radiguet avait particulièrement réussi le portrait de Mme de Séryeuse, mère de François et réplique de Mme Cocteau. C'était une femme d'« intérieur » qui ne pouvait « voir du pain émietté : les caresses semblaient à Mme de Séryeuse gaspillage du cœur et capables d'appauvrir les grands sentiments ».

XXVI

Les adieux de Bordeaux

Pendant les journées pluvieuses de septembre 1923, à Piquey, Raymond avait rangé ses affaires et mis en ordre ses papiers. Il avait écrit une préface pour la deuxième édition des *Joues en feu* et classé les poèmes destinés à figurer dans celle-ci[1]. Le jeune homme avait entrepris également cet éloge de la Marne qu'il intitula *Île de France, île d'amour.* Tout le monde s'étonna de voir Radiguet devenir si méthodique, mais il avait, en quelque sorte, *prévenu* ses amis dans *Le Diable au corps* : « Un homme désordonné qui va mourir et ne s'en doute pas met soudain de l'ordre autour de lui. Sa vie change. Il classe des papiers. Il se lève tôt, il se couche de bonne heure. Il renonce à ses vices. Son entourage se félicite. Aussi sa mort brutale semble-t-elle d'autant plus injuste. *Il allait vivre heureux.* »

1. Le recueil paraîtrait seulement en juillet 1925, chez Bernard Grasset.

Le 13 septembre, Jean et Valentine Hugo repartirent pour leur mas de Fourques, dans le Languedoc. Raymond Radiguet et Jean Cocteau les « accompagnèrent jusqu'à Bordeaux ». On se promena en fiacre dans la ville, avant d'aller dîner au *Chapon fin*. Ce fut le dernier jour d'insouciance, même si Valentine et Raymond se plaignaient de douleurs au ventre. Ensuite, le destin se montra impatient. Il accéléra le cours des choses.

Jean Hugo raconterait que « le ciel était lourd et gris » et qu'une mystérieuse tristesse « flottait dans les rues ». Mais personne — sauf Radiguet, peut-être — ne s'expliquait les sentiments que faisait naître la météorologie sur les bords de la Garonne... Les *adieux de Bordeaux* se firent à l'hôtel où Valentine et son mari devaient dormir avant de prendre le train, le lendemain matin. Jean Hugo se rappellerait très longtemps la dernière vision qu'il eut de Raymond, alors que le jeune homme s'éloignait à regret dans les couloirs de l'établissement. « Une lampe (...) éclaira violemment ses traits et métamorphosa son visage — que je ne devais jamais revoir », écrirait le peintre. Comme si la lumière était quelquefois la pire ennemie des jeunes gens de Saint-Maur...

XXVII

Canotier et melon

Radiguet et Cocteau rentrèrent à Paris, dans les premiers jours d'octobre. Quel temps faisait-il sur les bords de la Seine ? Les Parisiennes portaient des chapeaux cloches pour assister aux courses d'automobiles. Certaines, sans doute aussi désemparées que la comtesse d'Orgel, « allongeaient le pas » rue de Rivoli, car elles étaient « sollicitées » par trop de souvenirs. Dans les salons, la mélancolie d'automne ressemblait à ces châles que les dames jettent sur leurs épaules, quand les soirées se rafraîchissent. Des Russes blancs *inconsolables* — comme le réclamait leur condition — se tuaient dans les chambres d'hôtel, et des grammairiens à la retraite dénombraient ou collectionnaient les virgules de *La Divine Comédie.* Des hommes esseulés agitaient des mouchoirs sur les quais de gare, à l'intention de je ne sais qui, tandis que des personnes rigides — habituées à réprouver l'ensemble de l'espèce humaine — arboraient le genre de « sourire qui désavoue ». Cependant, le bonheur à Paris continuait d'être ce que disait Valery Larbaud : « l'enjeu » d'une partie de cartes que l'on faisait avec soi-même, tous les matins...

Raymond retourna vivre à l'hôtel *Foyot*, en compagnie de Bronja Perlmutter, loin de la rive droite et de Jean Cocteau. Car il voulait épouser la demoiselle et adopter un autre genre d'existence... Quel soulagement il dut éprouver lorsqu'il donna le manuscrit du *Bal* à Bernard Grasset ! C'est toujours comme cela avec les romans que l'on vient de terminer : on est à la fois heureux et désolé de les quitter.

À la fin du mois d'octobre, Radiguet reçut les épreuves de son livre, mais il n'eut probablement ni la force ni le loisir de les corriger. Le destin ne lui accorda pas de sursis. Il avait déjà des frissons et de la fièvre. Et Bronja crut que les fiancées devenaient forcément des infirmières. Pendant ce temps, dans sa retraite de Saint-Benoît-sur-Loire, Max Jacob recopiait la dernière adresse de Raymond à Saint-Maur : 4, avenue Charles-VII... C'est un exorcisme de noter soigneusement toutes les adresses des gens que l'on aime. Comme si cela pouvait les empêcher de disparaître !

Malgré les recommandations et les remontrances de Cocteau, le petit Raymond continua de déambuler dans le Paris nocturne. Il rentrait à l'hôtel, épuisé. Bronja l'attendait, anxieuse et désarmée. C'est à cette époque, sans doute, que le surréaliste Maxime Alexandre aperçut Radiguet au *Bœuf sur le toit* et joua le rôle (douteux) de l'oiseau de mauvais augure, prédisant que le jeune homme allait mourir « dans six semaines ». Est-ce que la mort se lit sur les visages? Nous préférons d'autres lectures, mais on ne nous laisse pas le choix... Alexandre passa le reste de la nuit à boire en compagnie de Pierre Drieu La Rochelle et de Louis Aragon. Il essaya probablement de noyer dans le whisky toutes les prophéties de la terre et du ciel. Radiguet s'était esquivé. Il avait regagné la rue de Tournon, pour fuir les médisances. Car les prédictions funestes ne sont pas autre chose.

Fin novembre, Raymond se rendit à l'église Saint-Thomas-d'Aquin, pour les obsèques de Philippe Daudet, le fils de Léon et le petit-fils d'Alphonse. Tout le monde remarqua la détresse physique de « Monsieur Bébé » et la pâleur excessive de son visage, sous le chapeau melon. Radiguet affectionnait les couvre-chefs... Mais, tout de même, quel trajet entre le canotier de l'enfance et le melon de l'automne 1923!

XXVIII

Les frais de l'éternité

Joseph Kessel passa rue de Tournon, pour rapporter à Raymond des épreuves du *Bal.* La chambre était dans un terrible désordre, que Bronja s'efforçait en vain de dissimuler. Le jeune homme était couché. « Sa voix avait de la peine à séparer les syllabes », et quand il vit les épreuves, il y eut dans son regard « une sorte de question avide ».

Appelé au chevet de Radiguet, le docteur Capmas, médecin de Jean Cocteau, prescrivit des grogs. C'était une mauvaise grippe, voilà tout... Cependant, comme l'état du malade s'aggravait, on fit venir le médecin de Coco Chanel, qui diagnostiqua (trop tard) une fièvre typhoïde.

Raymond fut emmené dans une clinique de la rue Piccini, derrière l'avenue du Bois. Le 9 décembre, il se mit à délirer. Il annonça à Cocteau que, « dans trois jours », il allait « être fusillé par les soldats de Dieu ». Comme

Cocteau protestait, il affirma que « l'ordre » avait été « donné ». Il racontait aussi qu'« une couleur se promenait » dans la pièce et que « des gens se cachaient » dans cette couleur. C'était le déguisement ou le maquillage de la mort. Jadis — mais peut-on employer cet adverbe avec lui ? —, Radiguet avait intitulé un de ses recueils de poèmes *Couleurs sans danger*. À présent, la mort était revêtue de ce gris ou, peut-être, de ce jaune qui lui avaient paru inoffensifs. « Rien ne ressemble moins aux choses elles-mêmes que ce qui en est tout près », avait écrit Raymond dans *Le Diable au corps*. Il voulait dire que, même si l'on est prévenu de sa visite, la mort se travestit lorsqu'elle arrive.

Le 11 décembre, les Parisiennes préparaient déjà le réveillon de Noël et faisaient leurs *emplettes*. C'est un joli mot. Il résume tout ce charme et toute cette frivolité qui servent à modérer les tristesses de la saison... Jean Cocteau dévisagea une dernière fois son ami et ne revint plus à la clinique. Le chagrin le dévastait. Il ne voulut pas assister à l'agonie de Radiguet. Celui-ci rendit l'âme le 12 décembre 1923, à cinq heures du matin. Sa mère, qui avait attrapé elle aussi la typhoïde, dormait dans une chambre voisine, et le petit Raymond se trouva seul pour mourir. Ses traits gardèrent, paraît-il, une expression de désespoir. C'était le visage de quelqu'un de très déçu et de très désemparé. « Il n'aimait plus ni sa mère, ni les femmes, ni moi, ni personne, dirait Cocteau. Car la mort seule intéresse les morts. »

La journée du 14 décembre fut très pluvieuse et très sombre. Elle eut la politesse de se mettre en deuil. Après la messe, célébrée à l'église Saint-Honoré-d'Eylau, Radiguet fut enterré au cimetière du Père-Lachaise. À l'exception des Hugo, absents de Paris, et de Jean Cocteau, qui resta chez lui, dans un état de prostration, tout le monde était là, y compris l'orchestre du *Bœuf sur le toit.* Mais le fantôme du petit Raymond avait sûrement rejoint déjà les bords de la Marne...

Coco Chanel paya la note de la clinique, et Misia Sert les frais de l'éternité — je veux dire les obsèques du jeune homme. Et chacun, peut-être, douta secrètement du passage de Raymond sur la planète. C'est toujours pareil avec les météores. On se demande s'ils ont vraiment existé.

XXIX

Oraisons funèbres

Quels furent les sentiments d'Alice, de Béatrice, de Mary et de Bronja ? Cette dernière fut sans doute la plus éplorée... et la plus désœuvrée, puisqu'elle perdit à la fois son rôle d'infirmière et de fiancée. Que pensèrent Édith de Beaumont, Valentine Hugo... et la comtesse d'Orgel ? Les personnages imaginaires connaissent-ils le désarroi des orphelins ? Représentez-vous la duchesse de Langeais portant le deuil de *ce pauvre Honoré,* Lamiel regrettant les attentions de monsieur Beyle, et d'Artagnan, Athos, Aramis, Porthos allant à l'enterrement du cher Alexandre, avec cette tristesse bourrue qui est la seule convenable pour des mousquetaires.

Jean Cocteau descendit aux enfers. Sa figure avait été « mise de travers par la souffrance ». La méteo de son existence devint très mauvaise. Il se plaignait d'être envahi par la pénombre et par des sentiments crépusculaires… Il se perdit ou se sauva dans l'opium. Car les deux verbes désignent la même détresse…

L'auteur du *Grand Écart* avait misé sa « fortune », autrement dit ses affections, ses enthousiasmes et ses espérances, « sur le numéro Radiguet ». Il avait appelé ce gamin « le miracle de la Marne ». Mais « j'avais tout de suite vu, dirait-il, que Radiguet était prêté, qu'il faudrait le rendre »… Par la suite, quand les miracles cessent, vous êtes d'autant plus démuni que les défunts semblent très fâchés contre vous, avec « leur figure fermée à triple tour ».

« Raymond Radiguet était de la race grave dont l'âge se déroule trop vite jusqu'au bout », écrirait Cocteau dans la préface du *Bal.* Depuis que Bossuet avait commenté, de la manière que vous savez, la disparition de Henriette-Anne d'Angleterre — « Madame se meurt, Madame est morte ! » —, l'oraison funèbre figurait parmi les *genres* favoris des Français. Mise au rang de *sport national*, avec la philosophie du temps qui passe ou du temps qu'il fait, les conversations de salon ou de comptoir, et l'art de ne pas être dupe… Pour éviter les surprises désagréables et donner à son entrée « dans l'Éternité » le ton qui convenait, Chateaubriand avait rédigé lui-même sa nécrologie. C'était encore le meilleur moyen de *prévenir* la postérité.

La mort de Raymond suscita naturellement toutes sortes de commentaires. Max Jacob accusa le genre d'existence qu'avait menée le jeune homme : cette « vie des bars » qui réclamait « une force de fer ou d'enfer ». Sans doute vexé de retrouver son *insoutenable légèreté* dans les manières du comte d'Orgel, Étienne de Beaumont prétendit avoir à peine connu Radiguet. La comtesse de Beaumont, qui réprouvait peut-être ce genre d'ingratitude, ne confirma pas les propos de son époux.

En 1925, le critique de *L'Écho de Paris* parlerait d'« une espèce de gaminerie supérieure » pour résumer la poésie de Raymond et les mystères de la précocité. Plus tard, Roger Nimier penserait que l'ancien écolier de la banlieue sud-est s'était « pressé de rejoindre le peuple de ces statues auxquelles il ressemblait si fort ».

Mais la plus belle oraison funèbre était venue sous la plume de Radiguet, lorsque, terminant *Le Diable au corps*, il avait écrit que « l'ordre, à la longue, se met de lui-même autour des choses ».

XXX

L'éternel jeune homme

Ces gens des années 20, on dirait qu'ils ont passé leur temps à flâner. L'existence était une promenade, une sorte de dimanche perpétuel. On faisait de la géographie sentimentale après s'être renseigné sur les conditions météorologiques, on déambulait dans les arrondissements et les provinces pour étudier les décalages horaires provoqués par les coups de foudre, on discutait du ciel et de la terre, on s'enivrait de prophéties, de rêveries, de jazz et d'alcool, on guettait l'heure ou passent les anges... et quelquefois on écrivait des chefs-d'œuvre comme *Le Diable au corps* ou *Le Bal du comte d'Orgel*, pour renouer avec la tradition des romans français rapides et cruels — les *Lettres de la religieuse portugaise*, *La Princesse de Clèves*, *Adolphe* ou *Armance*.

Ces gens confirmaient que la dissipation de l'existence était la spécialité des après-guerres. L'appétit ou l'avidité de vivre étaient à la mesure du temps que l'on avait perdu. La prodigalité remplaçait les anciennes parcimonies, et toutes les demoiselles avaient des allures de couventines venant de rompre avec la religion... Raymond s'était promené sur les bords de la Marne, rue Montmartre, dans le quartier de la Madeleine, dans le département du Var et sur les plages du bassin d'Arcachon. Il avait croisé les meilleurs esprits et les personnages les plus séduisants de l'époque. À présent tous dispersés, tous devenus des fantômes..., ils constituèrent à leur façon l'escorte de Radiguet. Ils furent très étonnés, très intrigués par ce gamin de Saint-Maur qui ressuscitait la figure de *l'éternel jeune homme* — après Villon, La Boétie, Vauvenargues, Évariste Galois et quelques autres de la même espèce, qui n'avaient pas eu le loisir de connaître les « passions de la vieillesse » ni celles de la maturité.

Paul Morand dirait que le petit Raymond « commença où les autres finissent » et qu'« il connut ses limites à un âge où l'homme se croit illimité ». Même s'il donna souvent une impression de nonchalance, il « devança » tout le monde... On a fait à Radiguet une réputation de paresseux ou de dilettante. Pourtant, l'écolier de Saint-Maur a laissé près de neuf cents pages, comme en témoigne l'édition de ses *Œuvres complètes.* C'est beaucoup pour un météore. Il n'y a, sans doute, que les vrais paresseux pour travailler autant. Le diable a sûrement « placé la paresse sur la frontière de plusieurs vertus », comme le dit La Rochefoucauld.

Raymond s'était *essayé* dans presque tous les genres littéraires : la poésie, le théâtre, le journalisme, la nouvelle, le roman, les maximes et (pourquoi pas?) le livret d'opéra. Durant son dernier été, il se proposait d'entreprendre une biographie romancée de Charles d'Orléans, mais aussi d'écrire une histoire qui se passerait « à la campagne », de faire des « portraits de femmes » et de dépeindre les états d'âme du « policier amoureux »...

Radiguet s'est éclipsé à vingt ans et demi, comme pour justifier à l'avance la fameuse phrase : « Je ne laisserai personne dire que c'est le plus bel âge de la vie. » L'auteur du *Diable au corps* avait deux ans de plus que Paul Nizan. Il était de la même génération que Marguerite Yourcenar, Georges Simenon et Raymond Queneau. Cela étonne... Mais c'est l'habitude ou la vocation des jeunes morts : ils paraissent toujours d'une autre époque.

BIBLIOGRAPHIE

Raymond Radiguet, *Œuvres complètes.* Édition établie par Chloé Radiguet et Julien Cendres, Stock, 1993.

Le Diable au corps. Préface et chronologie de Bruno Vercier, GF-Flammarion, 1986.

Le Diable au corps. Préface d'André Berne Joffroy, Folio (n° 1391), Gallimard, 1982.

Le Bal du comte d'Orgel. Préface, notes et chronologie de Bruno Vercier, GF-Flammarion, 1984.

Le Bal du comte d'Orgel. Édition présentée et commentée par Bernard Pingaud, Folio (n° 1476), Gallimard, 1983.

Maxime Alexandre, *Mémoires d'un surréaliste,* La Jeune Parque, 1968.

Georges Auric, *Quand j'étais là...,* Grasset, 1979.

Clément Borgal, *Radiguet,* Éditions universitaires, 1969.

Edmonde Charles-Roux, *Le Temps Chanel,* Chêne/Grasset, 1979.

Jean Cocteau, *Lettre à Jacques Maritain,* Stock, 1983.

La Difficulté d'être, Éditions du Rocher, 1989.

Le Livre blanc, Persona, 1981.

Le Passé défini, 3 tomes, Gallimard, 1983, 1985, 1989.

Journal 1942-1945, Gallimard, 1989.

Mes Monstres sacrés, Encre, 1979.

Le Rappel à l'ordre, dans *Romans, poésies, œuvres diverses,* La Pochothèque, 1995.

Le Diable au corps, article repris dans *L'Esprit NRF 1908-1940*, Gallimard, 1990.
Cahiers Jean Cocteau, n° 4, Gallimard, 1973.
Robert Desnos, *Nouvelles Hébrides*, Gallimard, 1978.
Léon-Paul Fargue, *Le Piéton de Paris*, L'Imaginaire, Gallimard, 1993.
Keith Goesch, *Radiguet*, La Palatine, 1955.
Jean Hugo, *Le Regard de la mémoire*, Actes Sud, 1983.
Max Jacob, *Les Propos et les jours. Lettres 1904-1944*, Zodiaque, 1989.
Jean-Jacques Kihm, Elizabeth Sprigge, Henri C. Béhar, *Jean Cocteau, l'homme et les miroirs*, La Table Ronde, 1968.
Madame de La Fayette, *La Princesse de Clèves*, Folio (n° 3381).
Maurice Martin du Gard, *Les Mémorables*, (1918-1945), Gallimard, 1999.
Henri Massis, *Raymond Radiguet*, Éditions des Cahiers libres, 1927.
Paul Morand, *Monplaisir... en littérature*, Idées, Gallimard, 1982.
Roger Nimier, *Journées de lectures*, Gallimard, 1965.
Nadia Odouard, *Les Années folles de Raymond Radiguet*, Seghers, 1973.
Maurice Sachs, *Au temps du Bœuf sur le toit*, Les Cahiers Rouges, Grasset, 1987.
Nathalie de Saint-Phalle, *Hôtels littéraires*, Quai Voltaire, 1991.
André Salmon, *Souvenirs sans fin*, Gallimard, 1956.
Francis Steegmuller, *Cocteau*, Buchet/Chastel, 1973.
Tristan Tzara, *Œuvres complètes*, tome 5, Flammarion, 1982.

DU MÊME AUTEUR

Romans

AUTOBIOGRAPHIE D'UN AUTRE, *Flammarion*, 1988.

LA FEMME INSOUPÇONNÉE, *Flammarion*, 1990; « Le Livre de Poche », 1993.

LE BOULEVARD DES SENTIMENTS, *Flammarion*, 1991.

LES DEMOISELLES DES ABBESSES, *Flammarion*, 1994.

Nouvelles

UNE MINUTE D'ABSENCE, *Gallimard*, 2001. Prix de la nouvelle de l'Académie française et prix de la nouvelle du Rotary Club de Paris.

Récits

ANTOINE ET LES OISEAUX, *Grasset*, 1971.

LA DÉCEPTION HISTORIQUE, *Plasma*, 1979.

DE LA VOLUPTÉ ET DU MALHEUR D'AIMER (avec Dominique Grisoni, Roland Jaccard et Yves Simon), « Le Livre de Poche », 1992.

GINA, *Flammarion*, 1994.

LES ÉTÉS DE LA VIE, *Gallimard*, « L'Arpenteur », 1999.

Carnets

JOURNÉES INTIMES, *Albin Michel*, 1984.

LES MIROIRS FERAIENT BIEN DE RÉFLÉCHIR, *Plon*, 1992.

Essais et portraits

LES SAISONS DE ROGER VAILLAND, *Grasset*, 1969.

TRAITÉ DE LA DÉSILLUSION, *Presses universitaires de France,* 1977.

LETTRES À BAUDELAIRE, CHANDLER ET QUELQUES AUTRES..., *Albin Michel,* 1986. Prix Paul Léautaud.

ÉLOGE DE L'ÉGOTISME, *L'Instant,* 1988.

LES SÉDUCTIONS DE L'EXISTENCE (avec Dominique Grisoni, Roland Jaccard et Yves Simon), « Le Livre de Poche », 1990.

L'ENTREMETTEUR, ESQUISSES POUR UN PORTRAIT DE M. DE FONTENELLE, *Presses universitaires de France,* 1991.

MAUVAISES FRÉQUENTATIONS, *Manya,* 1992.

RADIGUET. L'ENFANT AVEC UNE CANNE, *Flammarion,* 1995. Prix Valery Larbaud. (Folio n° 3888)

LES PANTOUFLES DE MARCEL PROUST, *Le Monde-Éditions,* 1995.

LE COUSIN DE LA MARQUISE, *Le Monde-Éditions,* 1996.

LA DEMOISELLE DES LUMIÈRES, *Gallimard,* « L'Un et L'Autre », 1997.

SUR LA PLANÈTE DES SENTIMENTS, *Le Cherche midi éditeur,* 1998.

DIEU PRENAIT-IL DU CAFÉ ?, *Le Cherche midi éditeur,* 2002.

FEMMES EXTRÊMES, *Le Cherche midi éditeur,* 2003.

COLLECTION FOLIO

Dernières parutions

3665. Laurence Cossé	*Le Mobilier national.*
3666. Olivier Frébourg	*Maupassant, le clandestin.*
3667. J. M. G. Le Clézio	*Cœur brûle* et autres romances.
3668. Jean Meckert	*Les coups.*
3669. Marie Nimier	*La Nouvelle Pornographie.*
3670. Isaac B. Singer	*Ombres sur l'Hudson.*
3671. Guy Goffette	*Elle, par bonheur, et toujours nue.*
3672. Victor Hugo	*Théâtre en liberté.*
3673. Pascale Lismonde	*Les arts à l'école. Le Plan de Jack Lang et Catherine Tasca.*
3674. Collectif	*« Il y aura une fois ». Une anthologie du Surréalisme.*
3675. Antoine Audouard	*Adieu, mon unique.*
3676. Jeanne Benameur	*Les Demeurées.*
3677. Patrick Chamoiseau	*Écrire en pays dominé.*
3678. Erri De Luca	*Trois chevaux.*
3679. Timothy Findley	*Pilgrim.*
3680. Christian Garcin	*Le vol du pigeon voyageur.*
3681. William Golding	*Trilogie maritime, 1. Rites de passage.*
3682. William Golding	*Trilogie maritime, 2. Coup de semonce.*
3683. William Golding	*Trilogie maritime, 3. La cuirasse de feu.*
3684. Jean-Noël Pancrazi	*Renée Camps.*
3686. Jean-Jacques Schuhl	*Ingrid Caven.*
3687. *Positif,* revue de cinéma	*Alain Resnais.*
3688. Collectif	*L'amour du cinéma. 50 ans de la revue* Positif.
3689. Alexandre Dumas	*Pauline.*
3690. Le Tasse	*Jérusalem libérée.*
3691. Roberto Calasso	*la ruine de Kasch.*
3692. Karen Blixen	*L'éternelle histoire.*

3693. Julio Cortázar	*L'homme à l'affût.*
3694. Roald Dahl	*L'invité.*
3695. Jack Kerouac	*Le vagabond américain en voie de disparition.*
3696. Lao-tseu	*Tao-tö king.*
3697. Pierre Magnan	*L'arbre.*
3698. Marquis de Sade	*Ernestine. Nouvelle suédoise.*
3699. Michel Tournier	*Lieux dits.*
3700. Paul Verlaine	*Chansons pour elle* et autres poèmes érotiques.
3701. Collectif	*« Ma chère maman ... »*
3702. Junichirô Tanizaki	*Journal d'un vieux fou.*
3703. Théophile Gautier	*Le capitaine Fracassse.*
3704. Alfred Jarry	*Ubu roi.*
3705. Guy de Maupassant	*Mont-Oriol.*
3706. Voltaire	*Micromégas. L'Ingénu.*
3707. Émile Zola	*Nana.*
3708. Émile Zola	*Le Ventre de Paris.*
3709. Pierre Assouline	*Double vie.*
3710. Alessandro Baricco	*Océan mer.*
3711. Jonathan Coe	*Les Nains de la Mort.*
3712. Annie Ernaux	*Se perdre.*
3713. Marie Ferranti	*La fuite aux Agriates.*
3714. Norman Mailer	*Le Combat du siècle.*
3715. Michel Mohrt	*Tombeau de La Rouërie.*
3716. Pierre Pelot	*Avant la fin du ciel.*
3718. Zoé Valdès	*Le pied de mon père.*
3719. Jules Verne	*Le beau Danube jaune.*
3720. Pierre Moinot	*Le matin vient et aussi la nuit.*
3721. Emmanuel Moses	*Valse noire.*
3722. Maupassant	*Les Sœurs Rondoli* et autres nouvelles.
3723. Martin Amis	*Money, money.*
3724. Gérard de Cortanze	*Une chambre à Turin.*
3725. Catherine Cusset	*La haine de la famille.*
3726. Pierre Drachline	*Une enfance à perpétuité.*
3727. Jean-Paul Kauffmann	*La Lutte avec l'Ange.*
3728. Ian McEwan	*Amsterdam.*
3729. Patrick Poivre d'Arvor	*L'Irrésolu.*
3730. Jorge Semprun	*Le mort qu'il faut.*
3731. Gilbert Sinoué	*Des jours et des nuits.*

3732. Olivier Todd — *André Malraux. Une vie.*
3733. Christophe de Ponfilly — *Massoud l'Afghan.*
3734. Thomas Gunzig — *Mort d'un parfait bilingue.*
3735. Émile Zola — *Paris.*
3736. Félicien Marceau — *Capri petite île.*
3737. Jérôme Garcin — *C'était tous les jours tempête.*
3738. Pascale Kramer — *Les Vivants.*
3739. Jacques Lacarrière — *Au cœur des mythologies.*
3740. Camille Laurens — *Dans ces bras-là.*
3741. Camille Laurens — *Index.*
3742. Hugo Marsan — *Place du Bonheur.*
3743. Joseph Conrad — *Jeunesse.*
3744. Nathalie Rheims — *Lettre d'une amoureuse morte.*
3745. Bernard Schlink — *Amours en fuite.*
3746. Lao She — *La cage entrebâillée.*
3747. Philippe Sollers — *La Divine Comédie.*
3748. François Nourissier — *Le musée de l'Homme.*
3749. Norman Spinrad — *Les miroirs de l'esprit.*
3750. Collodi — *Les Aventures de Pinocchio.*
3751. Joanne Harris — *Vin de bohème.*
3752. Kenzaburô Ôé — *Gibier d'élevage.*
3753. Rudyard Kipling — *La marque de la Bête.*
3754. Michel Déon — *Une affiche bleue et blanche.*
3755. Hervé Guibert — *La chair fraîche.*
3756. Philippe Sollers — *Liberté du* XVIIIème.
3757. Guillaume Apollinaire — *Les Exploits d'un jeune don Juan.*
3758. William Faulkner — *Une rose pour Emily* et autres nouvelles.
3759. Romain Gary — *Une page d'histoire.*
3760. Mario Vargas Llosa — *Les chiots.*
3761. Philippe Delerm — *Le Portique.*
3762. Anita Desai — *Le jeûne et le festin.*
3763. Gilles Leroy — *Soleil noir.*
3764. Antonia Logue — *Double cœur.*
3765. Yukio Mishima — *La musique.*
3766. Patrick Modiano — *La Petite Bijou.*
3767. Pascal Quignard — *La leçon de musique.*
3768. Jean-Marie Rouart — *Une jeunesse à l'ombre de la lumière.*
3769. Jean Rouaud — *La désincarnation.*
3770. Anne Wiazemsky — *Aux quatre coins du monde.*

3771. Lajos Zilahy — *Le siècle écarlate. Les Dukay.*
3772. Patrick McGrath — *Spider.*
3773. Henry James — *Le Banc de la désolation.*
3774. Katherine Mansfield — *La Garden-Party* et autres nouvelles.
3775. Denis Diderot — *Supplément au Voyage de Bougainville.*
3776. Pierre Hebey — *Les passions modérées.*
3777. Ian McEwan — *L'Innocent.*
3778. Thomas Sanchez — *Le Jour des Abeilles.*
3779. Federico Zeri — *J'avoue m'être trompé. Fragments d'une autobiographie.*
3780. François Nourissier — *Bratislava.*
3781. François Nourissier — *Roman volé.*
3782. Simone de Saint-Exupéry — *Cinq enfants dans un parc.*
3783. Richard Wright — *Une faim d'égalité.*
3784. Philippe Claudel — *J'abandonne.*
3785. Collectif — « *Leurs yeux se rencontrèrent...* ». *Les plus belles premières rencontres de la littérature.*
3786. Serge Brussolo — « *Trajets et itinéraires de l'oubli* ».
3787. James M. Cain — *Faux en écritures.*
3788. Albert Camus — *Jonas ou l'artiste au travail* suivi de *La pierre qui pousse.*
3789. Witold Gombrovicz — *Le festin chez la comtesse Fritouille* et autres nouvelles.
3790. Ernest Hemingway — *L'étrange contrée.*
3791. E. T. A Hoffmann — *Le Vase d'or.*
3792. J. M. G. Le Clezio — *Peuple du ciel* suivi de *Les Bergers.*
3793. Michel de Montaigne — *De la vanité.*
3794 Luigi Pirandello — *Première nuit et autres nouvelles.*
3795. Laure Adler — *À ce soir.*
3796. Martin Amis — *Réussir.*
3797. Martin Amis — *Poupées crevées.*
3798. Pierre Autin-Grenier — *Je ne suis pas un héros.*
3799. Marie Darrieussecq — *Bref séjour chez les vivants.*
3800. Benoît Duteurtre — *Tout doit disparaître.*
3801. Carl Friedman — *Mon père couleur de nuit.*
3802. Witold Gombrowicz — *Souvenirs de Pologne.*
3803. Michel Mohrt — *Les Nomades.*

3804. Louis Nucéra — *Les Contes du Lapin Agile.*
3805. Shan Sa — *La joueuse de go.*
3806. Philippe Sollers — *Éloge de l'infini.*
3807. Paule Constant — *Un monde à l'usage des Demoiselles.*
3808. Honoré de Balzac — *Un début dans la vie.*
3809. Christian Bobin — *Ressusciter.*
3810. Christian Bobin — *La lumière du monde.*
3811. Pierre Bordage — *L'Évangile du Serpent.*
3812. Raphaël Confiant — *Brin d'amour.*
3813. Guy Goffette — *Un été autour du cou.*
3814. Mary Gordon — *La petite mort.*
3815. Angela Huth — *Folle passion.*
3816. Régis Jauffret — *Promenade.*
3817. Jean d'Ormesson — *Voyez comme on danse.*
3818. Marina Picasso — *Grand-père.*
3819. Alix de Saint-André — *Papa est au Panthéon.*
3820. Urs Widmer — *L'homme que ma mère a aimé.*
3821. George Eliot — *Le Moulin sur la Floss.*
3822. Jérôme Garcin — *Perspectives cavalières.*
3823. Frédéric Beigbeder — *Dernier inventaire avant liquidation.*
3824. Hector Bianciotti — *Une passion en toutes Lettres.*
3825. Maxim Biller — *24 heures dans la vie de Mordechaï Wind.*
3826. Philippe Delerm — *La cinquième saison.*
3827. Hervé Guibert — *Le mausolée des amants.*
3828. Jhumpa Lahiri — *L'interprète des maladies.*
3829. Albert Memmi — *Portrait d'un Juif.*
3830. Arto Paasilinna — *La douce empoisonneuse.*
3831. Pierre Pelot — *Ceux qui parlent au bord de la pierre (Sous le vent du monde, V).*
3832. W.G Sebald — *Les Émigrants.*
3833. W.G Sebald — *Les Anneaux de Saturne.*
3834. Junichirô Tanizaki — *La clef.*

Photocomposition C *MB Graphic,*
44800 Saint-Herblain
Impression Liberduplex
à Barcelone, le 20 mai 2003
Dépôt légal : mai 2003
ISBN 2-07-030125-7./Imprimé en Espagne

123611